60

*I'r Lolfa
ar ei phen-blwydd
yn hanner cant oed,
gyda diolch ac edmygedd*

Myfyrio dirgelwch geni, priodi a marw oedd Orig Owen ac yntau yn dathlu ei ben-blwydd ar y naill law, ac yn boenus o ymwybodol o'r celloedd cancr a ganfuwyd dro yn ôl yn lluosogi ac yn cynyddu yn ei brostad ar y llall. Ond ar ei ffordd i'r optegydd ar y Stryd Fawr oedd e nawr i gadw apwyntiad i gasglu'i sbectol newydd gan fod rhaid cario ymlaen. Doedd dim dewis arall, wedi'r cyfan. Roedd hi'n anodd iddo ganolbwyntio ar ddim byd arall dan yr amgylchiadau a wynebai. Cawsai'i eni drigain mlynedd yn ôl, i'r diwrnod. Am ffordd o ddathlu'i ben-blwydd. Er ei fod yn ymddiried yn ei feddygon a'r rheini yn ffyddiog y byddai'n dod trwy'r llawdriniaeth a'r rhaglen o gyffuriau a therapïau a glustnodwyd ar ei gyfer, doedd dim byd tebyg i gancr i osod y meddwl ar un llwybr. 'Mae gyda ni bob lle i gredu,' meddai'r arbenigwr wrtho, 'y byddwch yn byw bywyd cyflawn eto'. Ond gwyddai Orig fod pob gwellhad yn gyfaddawd dros dro. Os oedd rhaid defnyddio ystrydebau milwrol wrth drafod cancr a'r trosiad ohono fel brwydr, yna roedd unrhyw wrthgiliad o ran y clefyd yn gadoediad. Mewn geiriau eraill, roedd y cydymaith tywyll yn aros amdano, ond ychydig ymhellach ymlaen. Serch hynny roedd Orig yn dal i obeithio cael rhyw bymtheg i ugain mlynedd arall, o bosib. Wedi'r cyfan, on'd oedd ei hen gydweithiwr, yr Athro Egbert, wedi cael union yr un anhwylder ac wedi gorfod cael tynnu'i brostad i gyd, a hynny dros ugain mlynedd yn ôl, ac yntau yn dal ar dir y byw? Ond roedd gan yr Athro wraig a phedwar

5

plentyn ac ni wyddai Orig sawl ŵyr ac wyres. Roedd y teulu yn gefn iddo. Doedd gan Orig neb, roedd e ar ei ben ei hun.

Bymtheg mlynedd yn ôl, a hithau ond yn bum deg saith oed, bu farw ei chwaer. Peth nad oedd e byth yn anghofio amdano. Ac felly, roedd wedi cael bron i dair blynedd mwy na'i chwaer yn barod. Dyna ddirgelwch arall; beth oedd arwyddocâd yr amser atodiadol hwn, beth a wnaethai ef o'r blynyddoedd ychwanegol hyn a gawsai ef, na chawsai ei chwaer? Dim. Dim ond byw o ddydd i ddydd, gweithio a 'photsian' (chwedl ei fam). Ond dyna ei ddymuniad; cario yn ei flaen i botsian wedi iddo ymddeol yn gynnar. Geni, dim priodi, a marw. Dyna fyddai'i dynged ef. Felly, oedd ei fodolaeth yn anghyflawn gan iddo fethu sefydlu unrhyw berthynas hirhoedlog? Ni fu priodi yn opsiwn yn ei achos ef, ond rhwng y naill beth a'r llall ni chododd y cyfle i feithrin partneriaeth na charwriaeth na chyfeillgarwch dwfn hyd yn oed. Ni chyfarfu ef â'i 'arall arwyddocaol' erioed. Dywedai rhai taw arno ef oedd y bai am hynny am beidio ag agor ei hunan i'r posibiliadau am ei fod yn rhy anodd i'w blesio. Ond beth a wydden nhw? Doedd neb arall wedi byw yn ei groen ef.

Ond wrth iddo wynebu bygythiad i'w einioes roedd yn gweld ffordd newydd o edrych ar y dyfodol. Pe bai'n goroesi'r driniaeth roedd yn benderfynol o chwilio am bwrpas newydd i'w fywyd.

Roedd hi'n fore hydrefol braf a sut gallai Orig beidio ag ymhyfrydu yn yr heulwen a phrysurdeb y dref a'i fforddolion wrth iddo gyrraedd siop yr optegydd?

– Mae 'na le i dri man'na, co.

– Smo'r hen lestri wedi cael eu clirio.

– Sdim ots, daw rhywun whap, cei di weld.

– Awn ni fan'yn, 'te.

– Sdim lot o ddewis, nac oes? Mae'r lle yn brysur heddi.

– Dan ei sang.

– Doda'r bagiau ar y gadair arall 'na neu fe fydd rhywun arall yn ei bachu 'ddi.

– Ble mae Megan, gwed? Wastad yn ddiweddar, on'd yw hi!

– Fel 'na mae hi, ti'n gwbod yn iawn. Ond fe ddaw hi, cei di weld.

– Wi ddim yn ei chofio 'ddi'n cyrraedd o'n blaenau ni yn yr holl amser 'dyn ni wedi bod yn cwrdd fel hyn. Dim unwaith.

– Ond, whare teg iddi, smo hi byth wedi gadael ni lawr.

– Na, whare teg.

– Mae hi wastad yn ordro'r un peth, on'd yw hi, te a bara brith. Myn'unan dwi'n lico 'med bach o amrywiaeth. Wi ddim yn siŵr be wi'n mynd i gael nes i mi ddisgwyl ar y fwydlen.

– Sdim whant bwyd arna i heddi a gweud y gwir. Gwnaiff dishgled o goffi'r tro wi'n credu.

– Be sy'n bod, ti ddim yn teimlo'n dost?

– Nag'w. Jyst dim awydd, 'na gyd.

– Ni gyd yn cael pyliau fel'na, oedran ni.

– 'Tyn, 'tyn. Ond, weithiau, cofia, bydda'i'n meddwl mor lwcus 'dyn ni o gymharu â'n mamau a mam-gu. O'dd mam-gu'n diodde'n ofnadw 'da'r gwynegon a doedd dim byd i gael pryd 'ny i liniaru'r boen.

– A nace jyst yr hen rai o'dd yn diodde slawer dydd. Collws Mam ei phlentyn cynta'n whech o'd, cyn i mi gael 'y ngeni. A wi ddim yn gwbod be 'eth â hi ond heddi 'se antibiotics wedi clirio'r peth o fewn dyddie mwy na thebyg.

– A dynon yn c'el 'u diwedd dan ddiar yn ifenc a neb o'r rheolwyr na'r meistri'n gorffod 'sgwyddo dim o'r bai. Gweddwon yn gorffod derbyn y baich i gyd o fagu llond tŷ o blant bech heb fawr o gymorth ariannol.

– O'dd, ro'dd hi'n galed.

– Ac mae'n galed ar rai heddi.

– Ond ddim mor galed. Ddim yr un peth.

– Nace, ddim mor galed.

– Bydda i'n meddwl lot am Mam dyddie 'ma, a 'nhad. Yn ddiweddar wi'n teimlo bod lot mwy o atgofion yn dod yn ôl a finnau'n ail-fyw 'mhlentyndod, fel petai. Mae'n beth od, ond weithie mae'r gorffennol yn dod i sefyll o 'nghwmpas i a heddi yn cwmpo i ffwrdd.

– Ew, ble mae Megan, gwed? Mae whant bwyd arna i nawr.

– Ti'n gwbod, wi wedi bod yn dishgwl lot ar hen luniau'n ddiweddar. Nenwetig yr hen ffotograff mowr 'na o Mam a 'nhad yn y parlwr. Ifenc oedden nhw. Llun protas ond smo nhw'n gwisgo dillad protas.

– Wi wedi c'el gwared hen lunie fel'na. Sa'i'n lico gweld y meirw o 'nghwmpas yn syllu lawr arna i o 'yd. Ta beth, mae'r llunie 'na yn hen ffasiwn nawr.

– 'Swn i byth yn gallu cael gwared o lun Mam a 'nhad na dim un o'r hen lunie o ran 'ny. Maen nhw'n rhan o'n hanes i, rhan ohono i.

– Cer o 'na, ti'n rhy sentimental.

– 'Na fe 'te, wi'n sentimental. Ond wi ddim mor siŵr 'mod i'n hen ffasiwn nawr. Wi'n gweld bod rhai yn pyrnu hen ffotograffau Fictoraidd ac yn dodi nhw lan ar y waliau yn y cartrefi mwya modern dyddie 'ma.

– Sut wyt ti'n gwbod?

– Wedi gweld nhw ar y teledu. A ti'n gwbod y siop hen bethach 'na, y Cwpwrdd Cornel, wel maen nhw'n gwerthu hen ffotograffau mawr teuluol yno am grocpris.

– Cer o 'ma!

– 'Tyn 'tyn. Ond wi'n gweld y peth yn drist ofnadw. Ro'dd y bobl yn y llunie 'na yn belongan i rywun, yn famau neu'n dad-cu, yn wher neu'n ewa. A nawr does neb yn 'u nabod nhw, neb yn 'u cofio nhw. Mae'r teulu wedi mynd neu wedi tawlu nhw ma's. Dyna be 'nest ti, ontefe? A'r siopau antîcs wedi pyrnu nhw am y nesa peth i ddim, neu, mwy na thebyg, wedi'u tynnu nhw ma's o'r bin sbwriel neu'r sgip. A dyna nhw weti 'ny yn cael 'u gwerthu i ddieithriaid heb unrhyw glem nac amcan pwy oedden nhw, i'w dodi ar y wal, fel addurn. Nes i'r ffasiwn basio.

– Ti'n ala c'wilydd arna i nawr.

– Eitha reit 'e'yd. Sut yn y byd allet ti dawlu llun o dy dad, dy fam, dy fam-gu dy hun? Ble mae'r llunie nawr, ys gwn i, wedi'u hamddifadu o'u cysylltiade teuluol? Pan o'n i'n dysgu arferwn i fynd â rhai o'n hen lunie teuluol i mewn i'r ysgol i'w dangos nhw i'r plant. O'n nhw'n dwlu arnyn nhw. 'Dyma lun o Mam-gu,' meddwn i, 'cafodd ei geni pan o'dd y frenhines Victoria ar yr orsedd.' Ro'dd hanner y plant yn meddwl 'mod i'n cofio'r frenhines Victoria.

– Wi'n teimlo 'mod i wedi bod 'ma ers o's Victoria. Ble mae Megan, wir?

9

Wrth i ddrysau awtomatig siop yr optegydd agor o'i flaen, fel petai ysbryd anweladwy yn ei groesawu, cafodd Orig ei daro gan bwl ofnadwy o ansicrwydd. Doedd dim cysylltiad rhwng y siop a'r teimlad sydyn ac annisgwyl hwn, yn wir, doedd dim rheswm i gyfrif amdano o gwbl. Daethai yn ddirybudd o nunlle gan ei feddiannu a llenwi'i galon gan ryw bryder annelwig.

Gofynnodd y ferch yn y dderbynfa iddo gymryd sedd ac y deuai rhywun ato yn y man i ffitio'i sbectol newydd.

Eisteddodd Orig a gwelodd drwy gil ei lygad ddyn a adwaenai. Ond edrychodd Orig ddim i'w gyfeiriad. Cymerodd arno na welsai mohono. Doedd Orig ddim eisiau siarad â neb. Roedd hyn yn beth ffôl i'w wneud, gwyddai Orig hynny, roedd y dyn wedi'i weld ac wedi treio dal ei lygad ond cymerodd Orig arno ei fod yn darllen un o'r hen gylchgronau *National Geographic*. Fe fyddai'r dyn hwn yn siŵr o feddwl ei fod ef, Orig, yn ei anwybyddu yn fwriadol fel petai'n troi'i drwyn arno. Ond nid dyna'i fwriad o gwbl. Yn syml, ni allai wynebu neb. Doedd e ddim yn siŵr sut oedd e'n mynd i wynebu cael ffitio'r sbectol newydd. Byddai'n gorfod edrych reit i fyw llygaid y ffitiwr, roedd hynny yn anochel. Bu trwy'r broses hon sawl tro yn ystod ei fywyd. Roedd e'n dal i obeithio y byddai'r pwl yma o ansicrwydd anesboniadwy yn pasio heibio cyn i'w dro ddod.

Beth i'w wneud? Meddwl am rywbeth arall? Beth? Ni ddeuai dim i'w feddwl. Doedd dim amdani ond edrych go iawn ar yr hen gylchgronau. Daeth o hyd i hen erthygl gyda llun o blentyn bach a gafodd ei fymiffeio ganrifoedd yn ôl. Crwtyn oedd y plentyn er bod ganddo wallt hir mewn cannoedd o blethi tenau perffaith. Roedd ei wyneb a'i ddwylo'n ddilychwin a gellid gweld ewinedd ei fysedd. Roedd ei ddillad yn lliwgar anghyffredin ac o ddefnydd cywrain iawn ac awgrymai hynny, maentumiai'r erthygl, ei fod yn blentyn o deulu cefnog. Yn y bedd gydag ef oedd ffigurau pren bychain, modelau o anifeiliaid. Nid oedd yn glir i Orig pa anifeiliaid oedden nhw ond roedd un ohonyn nhw yn debyg i lama. Yn ôl yr erthygl nid teganau mo'r rhain fel y gallai'r plentyn chwarae gyda nhw ar ei ffordd i'r byd arall neu yn y byd hwnnw, eithr offrymau neu anrhegion i'w rhoi i'r duwiau. Ni allai Orig weld sut y gallai'r arbenigwyr a'r archaeolegwyr ddweud y gwahaniaeth rhwng tegan a theyrnged i'r duwiau gyda'r fath sicrwydd.

Dwysaodd ei deimladau o ddiffyg hyder a phryder wrth feddwl am y plentyn hwn a fu farw ganrifoedd yn ôl – a gafodd ei ladd fel aberth i'r duwiau, o bosib, yn ôl damcaniaethau duwiau'r archaeolegwyr eto. Edrychai fel petai'n cysgu ac y gallai ymystwyrian a deffro'n sydyn, agor ei lygaid a'u rhwbio gyda'i ddwylo bychain, a gapo ac yna sefyll a dechrau chwarae gyda'r anifeiliaid bach pren a fwriadwyd gogyfer y duwiau. Ond ni allai'r plentyn ymysgwyd o'i drwmgwsg. Doedd e ddim yn cysgu. Doedd dim breuddwydion yn chwarae drwy'i ben. Roedd ei ymennydd wedi hen bydru a dadfeilio y tu ôl i'w gragen o wyneb sychedig. Roedd e'n farw, bu'n farw ers canrifoedd a byddai'n dal yn farw am ganrifoedd, milenia i ddod. O fewn llawer llai o amser byddai ef, Orig, yn ymuno gydag ef. Roedd y syniad o derfynoldeb a thragwyddoldeb angau bron â bod yn annioddefol iddo a theimlai sgrech yn ymffurfio dan ei fynwes. Ond meistrolodd ei hunan a mygu'r pwl.

Caeodd dudalennau'r hen gylchgrawn a'i ddodi yn ôl ar y pentwr gyda'r hen gylchgronau eraill. Gweithiodd i ddod â'i hunan yn ôl i'r presennol. Roedd y dyn a adwaenai wedi mynd ac roedd pobl eraill wedi dod i'r ystafell aros. Taflodd olwg dros yr arlwy o wahanol fframiau sbectol wedi'u trefnu yn rhes ar ben rhes ar y waliau o gwmpas yn disgleirio dan y goleuadau cryf. Rhyfeddai Orig at allu dychymyg dihysbydd dylunwyr wrth feddwl am amrywiadau dirifedi a di-ben-draw ar yr un fformat yna o ddau ddarn o wydr, pont fechan yn eu cysylltu dros y trwyn a dwy fraich i fynd dros y clustiau; rhai yn glir, rhai yn euraidd, rhai yn ddu, yn goch, yn las, yn frith.

'Mr Orig Owen?'

Pam fod pawb yn gweiddi arna i y dyddiau 'ma? Ai fi sy'n meddwl y peth? On'd oes 'na fwy o weiddi yn y byd yn gyffredinol y dyddiau 'ma? Does neb yn siarad os ydyn nhw'n gallu gweiddi. Ar y stryd yma, yn y siopau, ar y teledu, ar y radio, mewn ffilmiau, ym mhobman, yn wir. Pob un yn siarad yn uwch na'i gilydd am y gorau, bloeddio, sgrechian siarad, rhuo, taranu. Digon i fyddaru rhywun. Ond alla i ddim peidio â meddwl taw myfi yw'r targed a bod rhai yn teimlo rhyw reidrwydd i weiddi arna i yn benodol. Beth sy'n bod arnyn nhw? Neu, yn hytrach, beth sy'n bod arna i sy'n rhoi'r argraff iddyn nhw fod rhaid gorbwysleisio a tharo pob gair wrth gyfathrebu gyda mi? Does dim clem 'da fi. Oes golwg dwp arna i? Ydw i, heb yn wybod i mi fy hun, yn gwisgo cymorth clyw sy'n anweladwy i mi ond yn amlwg i bawb arall? Neu arwydd yn dweud 'Trwm ei glyw, siaradwch yn uchel'? Ond nid mater o sŵn yn unig mohono, law yn llaw â'r gweiddi diangen, di-alw-amdano 'ma mae 'na ryw ddiffyg parch, dirmyg hyd yn oed. Bloeddir cyfarchion cyffredin fel 'Bore da' a 'Diolch yn fawr' heb gwrteisi, eithr gyda rhyw grechwen fach sarrug. Poerir 'Ga i'ch helpu chi?' ac ebychir 'Dyma'ch newid'. Gorchymyn ffyrnig yw'r 'Have a nice day!' anochel mae'n demtasiwn i'w weiddi yn ôl, neu i erfyn ar bobl siarad ychydig yn dawelach. Ond does neb fel petai'n cymryd sylw ohono i. Peth i weiddi arno yn unig, 'na gyd ydw i. Llestr yr arllwysir bloeddiadau i mewn iddo. Alla i byth â chwyno taw dim ond y to ifanc sy'n gyfrifol chwaith, mae fy nghyfoedion gynddrwg os nad yn waeth. Mae plant yn gweiddi hefyd, afraid dweud. Ac nid pobl yn unig, o na! Mae tuedd gan gŵn i udo arna i yn hytrach na chyfarth, ac mae cathod yn hisian yn hytrach na mewian, adar yn crawcian yn lle trydar. Y diwrnod o'r blaen, wrth i mi gerdded heibio i berth yng ngardd un o'm cymdogion, heb unrhyw rybudd dyma aderyn yn ffrwydro ma's o'r deiliach yn un bwndel o grawcian arswydus cyn hedfan i ffwrdd. Bu bron i mi neidio ma's o 'nghroen a chael hartan yn y fan a'r lle. Caf yr argraff ar brydiau o gael f'amgylchynu gan leisiau uchel, garw. Dônt o bob cyfeiriad gan ymosod arna i yn benodol, fel petai. Ofnaf ddweud dim gan fod pob gair o 'ngenau i ond yn ennyn cyrch cynddeiriog arall gan y fyddin aflafar yma sydd yn fy mygwth o bob tu.

Alla i ddim cerdded ar hyd y lle gyda 'mysedd yn 'y nghlustiau neu beli o wadin, na alla i? Weithiau, pan fydd rhai yn siarad â mi – hynny yw, yn fy nwrdio, yn fy ngheryddu, yn areithio arna i – wrth wrando bydda i'n cau fy llygaid. Dyna'r unig beth alla i ei wneud. Onid yw'n beth od ac yn beth trist nad ydyn ni'n gallu cau ein clustiau fel mae rhai creaduriaid yn gallu gwneud? Pethau lwcus! Yn ddiweddar rwy wedi bod yn gweld yr holl sŵn, y mwstwr 'ma, y twrw enfawr ar ffurf weladwy, pob gwaedd a bloedd ac ebychiad fel talp o sbwriel a gwelaf fy hunan yn casglu'r holl dameidiau a darnau a phentyrrau hyn o seiniau a'u dodi'n daclus mewn bag plastig du anferth a'u lapio mewn parsel a'i adael ar ochr y stryd fel y pecyn yna ar y stryd hon. Pwy adawodd hwn'na 'na, ys gwn i?

Eisteddodd Emily yn y caffe. Cyn iddi estyn am y fwydlen bu'n rhaid iddi ymwroli. Roedd bwyd bob amser yn gwestiwn o gyfyng gyngor iddi hi. Roedd hi'n dwlu ar fwyd ar y naill law, yn enwedig pethau melys, teisennau a siocledi yn arbennig, ond ar y llall, dymunai fod yn denau. Na, doedd hi ddim yn anorecsig, perswadiodd ei hunan, ond roedd hi'n benderfynol o gadw yn denau. Ar yr un pryd roedd teisennau siocled y caffe yno y tu ôl i gas gwydr y cownter yn ei themtio, yn tynnu dŵr i'w dannedd. To have one's cake and eat it. Nid oedd hi erioed wedi deall yr ymadrodd Saesneg yna ond dyna ei dymuniad yn y caffe hwn, yn llythrennol. Dymunai gael teisen *gateau* a'i b'yta rywsut heb ei b'yta. Na, doedd hi ddim yn mynd i f'yta'r deisen ac yna mynd i'r toiled a'i chyfogi, doedd hi ddim yn fwleimig chwaith, sicrhaodd ei hun. Oedd, roedd hi'n mynd i gael teisen a'i b'yta, a'i mwynhau i'r eithaf a'r briwsionyn olaf, ac wedyn ni fyddai'n b'yta dim, dim tamaid, dim un crwstyn am weddill y dydd, tan yfory, pe gallai barhau hyd hynny. Dim ond dŵr a choffi, efallai. Ac âi am dro hir hir a rhedai hefyd, am rai milltiroedd nes ei bod yn chwys domen. Byddai hyn i gyd yn boenus ofnadwy ond roedd yn gwneud yn iawn am y deisen.

Aeth at y cownter ac archebu cacen dywyll gydag haenen drwchus o siocled drosti. Yna, aeth yn ei hôl at y bwrdd ac aros amdani.

Ond wrth aros cafodd ei meddiannu yn syth gan bwl o euogrwydd dychrynllyd. Oni ddylai hi gael salad gwyrdd iachus neu ryw bryd o lysiau? Pe bai hi ond yn gallu b'yta mwy o lysiau fe fyddai popeth yn iawn. Roedd llysiau, pethau gwyrdd a ffrwythau, wrth gwrs, yn well i chi. Ystyriodd godi a dweud wrth y bachgen ger y cownter ei bod hi wedi newid ei meddwl. Ond byddai hynny yn siŵr o godi trafferth yn y gegin a byddai'r bachgen yn meddwl ei bod hi'n dwp. Pa ots beth oedd y bachgen yn feddwl amdani? Roedd Emily ar fin symud pan welodd hi ddwy hen fenyw wrth fwrdd cyfagos yn derbyn teisen yr un gan y gweinydd ifanc. Edrychai'r teisennau mor amheuthun. Na, roedd hi'n rhy hwyr. Ac yn wir, peth nesa, dyna ei theisen ei hun ar blât ar y ford o'i blaen.

Craciodd y gragen siocled dan ei fforc. Yn ei phen, oedd, roedd y cyfuniad o'r hufen a'r siocled a'r melyster yn flasus ma's draw ac am rai munud hydreiddiwyd ei chorff gan wynfyd o bleser. Ond buan y pasiodd y mwynhad. Doedd y deisen, wedi'i b'yta i gyd, ddim mor wych â hynny, wedi'r cyfan. Oedd roedd hi'n llawn nawr. Llawn siom a dadrithiad. Archebodd goffi ac eistedd yno yn y caffe gan edrych drwy'r ffenestr ar bobl yn pasio yn y stryd a theimlai'n grac gyda'i hunan am dorri'i deiet unwaith eto. Doedd dim dewis nawr ond ymprydio am ddiwrnod neu ddau a chadw i fynd, peidio â gorffwys. Wedi'r cyfan, on'd oedd hi'n haeddu cael ei chosbi am fod mor ddi-asgwrn-cefn?

Ymwthiodd Patricia i'r caffe gyda'r bygi a thri o blant bach a bagiau siopa dirifedi a bachu cornel bwrdd lle roedd dwy fenyw yn eistedd yn barod. Doedd dim lle arall a doedd dim dewis gan Patricia na'r gwragedd ond ei rannu. Roedd Patricia bron â chwympo gan flinder ac roedd y plant ar eu cythlwng, Miley, yr un leia yn crio am ei photel, a'r ddau arall, Justin a Harri, yn dechrau conan. Cydiodd Patricia yn llewys merch oedd yn gweini ac ordro te i'w hunan a phop a sglodion i'r plant er mwyn eu dyhuddo a'u cael nhw i dawelu mor sydyn â phosib. Edrychodd y ddwy fenyw arni yn sodro teth y botel ym mhen Miley gan wenu arni. Chwarae teg iddyn nhw, roedd menywod o'r oedran yna, fel arfer, yn ddigon hapus i weld plant bach ac i siarad â nhw a'u difyrru gorau gallen nhw, a siarad am y plant.

Roedd y gamddealltwriaeth yn naturiol ac roedd Patricia yn ddigon balch, bob amser, i fysgu pecyn cymhleth ei theulu i ddieithriad o'r iawn anian fel y rhain. Ie, ei phlentyn hi oedd y baban a'r crwtyn â saim sglodion dros ei wyneb a'i ddwylo, Justin. Ond mab ei merch oedd y llall, Harri, oedd yn bwyta'n ddiddig ac yn eistedd yn dawel gan wylio'r cyfan. Er taw dim ond chwe mis oedd rhwng y bechgyn, ac er bod Miley ond yn wyth mis oed roedd hi'n fodryb i Harri pum mlwydd oed. Felly, roedd Justin a Miley yn frawd a chwaer? Oedden. Wel, hanner brawd a hanner chwaer, ond doedd Patricia ddim yn credu mewn hanerau. Ei phlant hi oedden nhw i gyd, datganodd. Yna, dywedodd y cyfan yn syml, fel roedd hi wedi'i ddweud sawl gwaith dros y blynyddoedd (gan addasu'r rhifau a'r cyfuniadau yn ôl yr angen wrth iddyn nhw newid); roedd ganddi bump o blant, tair merch a dau fachgen, roedd dros ugain mlynedd rhwng yr hynaf a'r ieuengaf, ac roedd gan bob un ohonyn nhw dad gwahanol, a doedd hi erioed wedi priodi. A nawr roedd hi'n fam-gu ac, yn annisgwyl, yn fam unwaith yn rhagor. Distawrwydd. Doedd y gwragedd ddim yn gwybod beth i'w ddweud. Dyna'r ymateb arferol. Ond roedd gan Patrica ddigon i'w wneud wrth fwydo'r rhai bach a'u cadw mor dawel ag oedd yn ymarferol dan yr amgylchiadau wrth gael tamaid ei hunan. Roedd hynny yn ddigon o gamp.

A dweud y gwir roedd y ffordd y deuai pob sgwrs i ben fel hyn yn ei digalonni braidd. Byddai hi wedi licio cael cyfle i gario yn ei blaen i egluro fel roedd hyn i gyd wedi digwydd mor rhwydd ac mor naturiol a dyma hi nawr, ar drothwy ei phumdegau ac yn dal i fagu baban ac yn fam-gu ar yr un pryd. Roedd ei chartref (tŷ cyngor) yn llawn bywyd a mynd a dod heb eiliad o dawelwch na munud i'w hunan. Ond ni fyddai'n newid dim. Dywedai hyn nid er mwyn ei chyfiawnhau'i hunan, ni theimlai unrhyw reidrwydd i wneud hynny, eithr er mwyn rhoi darlun mwy cyflawn iddyn nhw. Ni theimlai fel mam-gu o gwbl. Teimlai fel mam ifanc o hyd, er bod ganddi fwy o brofiad nawr nag oedd ganddi pan aned ei phlentyn cyntaf, Moira, mam Miley, a hithau prin yn bedair ar bymtheg oed ar y pryd ac yn hollol ddiniwed. Ond roedd ganddi ddigon o oedran i gofio poblogrwydd y Beatles (tua'r diwedd, mae'n wir) er bod yn well ganddi hi'r Rolling Stones, a nawr roedd hi a'i phlant yn dilyn Justin Bieber ac One Direction. Rhwng siglo un baban a'r llall, faint o amser oedd wedi pasio?

Dawnsiodd Deirdre oddi fewn pan welodd ei bod wedi achub y blaen ar y fenyw a werthai'r *Big Issue* wrth fachu'i hoff lecyn o flaen swyddfa'r post. Cymerodd ei blanced fach ma's o'i phoced chwith a'i lledaenu'n daclus ar y llawr. Plannodd ei phen ôl nid ansylweddol arni a chroesi ei choesau bach tew ond rhyfeddol o hyblyg oddi tani gan eistedd fel teiliwr. Yna, cymerodd ei hen chwibanogl ffyddlon o'i phoced arall.

Wrth ryw lwc anghyffredin daethai'r chwibanogl hon i'w dwylo rai blynyddoedd yn ôl. Fe'i cawsai gan rywun, na chofiai pwy nawr, am ddim. Doedd hi ddim yn mynd i droi'i thrwyn ar rywbeth am ddim er nad oedd ganddi glem ar y pryd sut i'w chwarae. Ond drwy ddyfal doncio fe ddysgodd ei hun i chwibanu un diwn fach seml i ddechrau. Chwaraeai honno drosodd a throsodd nes iddi godi'r deincod ar bob un. Ac yna dysgodd diwn arall ac un seml arall eto. Bob yn diwn, felly, fe feistrolodd yr offeryn diymhongar. Ac am y tro cyntaf yn ei bywyd rhoes hynny deimlad o foddhad iddi. Fyddai Deirdre ei hun ddim wedi defnyddio'r gair ond roedd hi'n falch ei bod hi nawr yn gallu canu amrywiaeth o donau digon dymunol. Tynnodd ei *repertoire* bron i gyd o blith hen ffefrynnau a rhai darnau traddodiadol gwlad ei geni. Un o'r rhai cyntaf iddi gael gwastrodaeth rwydd arni oedd 'Oh Danny Boy'. Yn fuan wedyn, bron yn anochel, daeth 'When Irish Eyes Are Smiling'. Roedd y pethau hawdd a sentimental hyn yn ddigon da ar y dechrau a gallai ddibynnu arnynt i dynnu ambell i ddarn hanner can ceiniog a phunt neu ddwy o bocedi rhai a gerddent heibio iddi. Ond yn ddiweddar roedd hi wedi gwneud ymdrech i godi'i safon gan fentro dysgu pethau mwy celfydd a chymhleth, gan eu canu gyda mwy o arddeliad. Daethai i ddeall bod y perfformiad, y datganiad, lawn mor bwysig os nad yn bwysicach na'r cywirdeb cerddorol. Roedd ei dehongliad o 'Molly Malone' yn dorcalonnus. Ond ei ffefryn personol oedd 'Will Ye Go Lassie Go' er nad oedd y dôn ar ei phen ei hun yn cyfleu holl angerdd geiriau'r gân ac nad oedd y chwibanogl yn offeryn digonol i fynegi tristwch y gerdd. Ond âi'r geiriau drwy'i phen wrth iddi chwibanu a chlywai'i mam yn ei chanu iddi hi a'i brodyr a'i chwiorydd. Weithiau sbonciai dagrau i'w llygaid yn ddigymell. Credai fod yr olygfa yn atgof go iawn, wedi'i swyno gan yr awen. Mewn gwirionedd hen slebog oedd ei mam a esgeulusai'i phlant mewn syrthni meddwol a mwg sigarennau drwy'r dydd. Argyhoeddai Deirdre'i hun gyda'r gerddoriaeth hudolus bod ei phlentyndod yn Iwerddon yn un hapus a diogel a gallai dyngu llw na fu'n rhaid iddi ffoi rhag bwystfileiddiwch ei thad a chamdriniaeth rywiol ei brodyr hŷn.

Ond dyna lle'r oedd hi, ar y stryd, yn llythrennol, yn ei phumdegau, yn ddigartre, heb unrhyw gysylltiad â neb yn y byd, yn chwibanu am geiniogau.

Ond roedd hi wedi dysgu goroesi er gwaetha'r hyn a alwai hi yn 'anlwc'. Nawr yn ei haeddfedrwydd roedd hi'n cadw tair rheol – o leia, ceisiai gadw at y rheolau hyn, gorau gallai; 1) dim dynion, 2) cysgu mewn hostel pe bai modd, 3) bwyta o leia un pryd o fwyd twym y dydd.

Rheolau digon syml ond peth hawdd oedd eu torri nhw.

Rhoes Deirdre enw i'r chwibanogl fel petai'n berson neu'n anifail anwes annwyl. Aisling. Breuddwyd neu weledigaeth oedd ei ystyr ond credai Deirdre ei fod yn golygu 'peth hardd'.

Peth hardd oedd ei chwibanogl iddi hi a hardd oedd y seiniau a ddeuai ohoni, weithiau. Sain gwlad bell i ffwrdd, sain hud a lledrith. Sŵn darnau arian yn tincian yn erbyn ei gilydd mewn cwdyn ddaeth â hi ati ei hun eto.

– Faint sydd yno nawr ys gwn i?

Denid Gillian i'r dre gan awydd i fod yng nghanol pobl, y mynd a'r dod, gan sŵn a symud a sawr ar y gwynt. Cerddoriaeth, cri'r gwylanod, aroglau chwerw sglodion a physgod a finegr, a'r siopau dillad a llyfrau a chelfi. Hoff siop Gillian oedd yr un a werthai amrywiaeth eang o bethau 'amgen' lliwgar. I rai roedd hi'n siop hipïaidd ond iddi hi roedd hi'n ogof hud a lledrith lle roedd modd cysylltu â deimensiynau y tu hwnt i'r rhai daearol cyfyng a beunyddiol a chyffredin. Yn y siop honno nid oedd ei diddordeb mewn cardiau *tarot*, astroleg, grym crisialau, ysbrydion, y tylwyth teg, angylion, gwrachyddiaeth, paganiaeth, *Wicca*, yr *I Ching*, darllen rwnau, byrddau *ouija* a phethau'r ocwlt yn gyffredinol – yn cael eu bychanu na'u dilorni. Daethai Gillian yn ffrindiau mawr gyda Seraffina, y wraig a reolai'r siop, a rhai o'r merched eraill a weithiai yno, Naomi a Jasmine. Teimlai bod y menywod hyn ar yr un donfedd â hithau, eu bod yn deall yn berffaith pa mor bwysig oedd hi iddi gael mwclis neu fodrwy, clustdlysau neu freichled gyda'r union liwiau a cherrig i gydfynd â'i hwyliau'r diwrnod hwnnw. Weithiau, byddai'r diwrnod yn las neu'n wyrdd, yn aml iawn câi ddiwrnodau porffor – roedd porffor yn lliw ysbrydol iawn a gwyddai Gillian ei bod hi'n berson eithriadol o ysbrydol. Rai blynyddoedd yn ôl (doedd Gillian ond yn bedair ar bymtheg ond teimlai yn hen, o leia, credai bod ganddi hen enaid) dywedasai gwraig seicig wrthi fod ganddi awra lliw porffor cryf a dyna'r lliw mwya ysbrydol oll. Bryd arall dywedasai ysbrydegwr wrthi mewn *séance* fod ganddi angel-geidwad o archoffeiriades o grefydd y derwyddon a bod honno yn ei dilyn ac yn ei hamddiffyn ble bynnag yr âi. Weithiau câi Gillian brofiadau allgorfforol. Teimlai'i hysbryd yn ymddihatru oddi wrth ei chorff o gig a gwaed ac yn arnofio o'i chwmpas. Gallai'r ysbryd hedegog hwn edrych i lawr ar y corff y dadwisgwyd ohono a symud lan yn uchel a gweld toeau tai a cheir a phobl islaw yn symud ac yn ymgordeddu drwy'i gilydd fel morgrug. Ond ni ddigwyddai yn aml, diolch i'r drefn, gan ei fod yn deimlad digon annymunol yn amlach na pheidio am fod Gillian wastad yn pryderu na fyddai'i hysbryd yn gallu dod o hyd i'w chorff eto a mynd yn ei ôl i mewn iddo.

Prynodd sgarff yn y siop y diwrnod hwnnw. Digon rhad, dwy bunt naw deg naw ceiniog, ond prin y gallai'i fforddio a gweud y gwir, wath roedd Gillian yn dibynnu ar fudd-daliadau nawdd cymdeithasol. Ni allai hi weithio am gyflog yn y byd materol. Roedd y sgarff siffon yn dryloyw ac yn cynnwys nifer o liwiau. Diwrnod amryliw oedd hi, wedi'r cyfan. Weithiau gallai diwrnod fod yn gyfuniad o liwiau ac weithiau, fel y diwrnod dan sylw, gallai fod yn ddiwrnod o liwiau amhenodol neu ansefydlog.

O'r siop drugareddau amgen aeth Gillian drwy'r dorf a throi i'r chwith i mewn i'r Stryd Fawr gan anelu am ei hail hoff siop lle costiai pob eitem bunt yn unig. Roedd ganddi awydd prynu pecyn bach o ddatys. Roedd Gillian, afraid dweud, yn gigwrthodwraig, yn fegan yn wir. Roedd ei chorff yn deml. Ni smygai sigarennau, ni yfai goffi na the na phopiau siwgraidd. Dim ond pethau a dyfai a âi i mewn i'w chorff – llysiau, ffrwythau, cnau a digonedd o ddŵr. Cariai hi botel o ddŵr gyda hi i bobman a sipiai ohoni yn aml. Prynai gnau hefyd yn y siop-bob-peth-am-bunt. Byddai'r cnau a'r datys a'r dŵr yn ddigon i'w chadw hi i fynd am weddill y dydd.

Yn sydyn teimlodd Gillian freichiau'i hangel gwarcheidiol yn ei chofleidio ac yn ei rhyddhau eto wrth iddi basio'r fenyw yn chwarae chwibanogl o flaen swyddfa'r post. Synhwyrai Gillian rywbeth rhyfedd yn yr awyr, fel petai pawb yn symud ychydig arafach nag arfer ac yna newidiodd y diwrnod yn ddirybudd o fod yn amryliw i fod yn lliw gwahanol i bob lliw arferol. 'Pa liw yw hwn?' gofynnai Gillian, 'Beth yw ei enw?'

Fe allai siop y gemydd ar y Stryd Fawr fod yn llethol a dawel ar brydiau. Safai Julie yno yn disgwyl cwsmeriaid. Ond doedd dim cwsmeriaid yn dod. Roedd yna ddigonedd o bobl ar eu ffordd yn y stryd, ond doedd neb am dywyllu drws y siop. Neb yn moyn wats neu fodrwy neu gloc. Fel hyn oedd hi o bryd i'w gilydd. Y clociau a'r watsys yn ei hamgylchynu ac yn tician tician – dim un yn dweud yr amser cywir – fel petaen nhw i gyd yn pwnio i'w phen y ffaith bod amser yn cerdded a dim yn digwydd. Ond yn eironig, ar adegau fel hyn, teimlai fel petai amser wedi sefyll yn ei unfan.

Yr unig berson arall yn y siop y diwrnod hwnnw oedd Mr Morgans, y perchennog. Wrth lwc, roedd hwnnw yn ei swyddfa yn y cefn yn delio gyda gwaith papur a galwadau ffôn. Doedd 'da hi gynnig gorfod cynnal sgwrs gyda Mr Morgans. Doedd hi byth yn gwybod beth i'w ddweud wrtho, wath roedd e mor ddifrifol a chapelgar a siwtiog a mwstasiog. Drewai hefyd o sigarennau. Ond anaml y deuai ef yn rhy agos ati, diolch i'r drefn, roedd yn llawer rhy barchus i wneud hynny. Wedi'r cyfan, hyd yn oed yn ei habsenoldeb, roedd personoliaeth Mrs Morgans yn hofran ar hyd y lle. Wrth gwrs, deuai Mrs Morgans ei hun i weithio yn y siop yn aml, a'i merch, Valmai. Doedd dim gwaith meddwl am rywbeth i'w ddweud pan oedd Mrs Morgans yno, wath gallai hithau gynrychioli Cymru yn yr Olympics yn y gystadleuaeth glebran. Cipiai hi'r aur a châi Valmai fodloni ar yr arian. Doedd dim stop arnyn nhw. Rhwng y ddwy roedd hi'n anodd cael gair i mewn. Dim rhyfedd bod Mr Morgans mor brin ei eiriau.

Deuai sŵn clicio allweddau cyfrifiadur Mr Morgans o'r cefn yn gyfeiliant i dipiadau'r holl glociau. Gobeithiai Julie y byddai'i waith yn ei gadw yno am dipyn eto, er bod diflastod a segurdod yn dechrau dweud ar ei hwyliau. Carai Julie gael mynd ma's ac ymuno gyda'r siopwyr prysur ar y stryd. Fel arall câi suddo i gadair freichiau fawr gyffordddus gyda chwpaned o goffi a *doughnut*. Dim ond stôl oedd gyda hi yn y siop a doedd Mr Morgans ddim yn cymeradwyo ei bod hi'n eistedd ar honno yn rhy aml. Rhaid oedd iddi sefyll a chymryd arni'i bod hi'n brysur a'i bod wrthi yn gwneud rhywbeth o hyd, cwsmeriaid neu beidio. Byddai Mr Morgans yn gwgu ar ddiogi. Ond doedd dim gwaith i'w wneud mewn gwirionedd. Roedd pob cloc a wats wedi'u weindio a'r gemau wedi'u trefnu mewn arddangosfeydd cymen y tu ôl i'w cesys gwydr a phob eitem wedi'i labelu gyda'i bris.

Ar hynny, gyda chlindarddach cloch drws y siop, dyma fenyw anghyffredin o dal yn dod i mewn. Edrychodd o'i chwmpas am rai munudau a chafodd Julie gyfle i sylwi ar ei gwallt melyn golau hir a oedd yn bert iawn gyda chudynnau o gwmpas ei hwyneb a'i hysgwyddau a peth ar ei chorun wedi'i glymu y tu ôl i'w phen gan grib ambr. Ond sylwodd hefyd fod ganddi linellau dwfn yn ei hwyneb, o boh tu i'w thrwyn hir ac yn ei gruddiau pantiog. Roedd hi'n ddigon trwsiadus ond roedd rhywbeth hen ffasiwn ynghylch ei dillad.

Daeth at y cownter. Yna gan sibrwd ond mewn llais dwfn iawn gofynnodd a allai Julie newid y batri yn ei wats iddi a dodi'r awr gywir arni. Dywedodd Julie wrth gwrs, y byddai'n ddigon hapus i wneud hynny. Cymerodd y fenyw yr oriawr oddi ar ei garddwrn. Yna, ni allai Julie beidio â sylwi ar faint ei dwylo. Nid menyw 'go-iawn' mo hon, meddyliai. Ac nid dyn chwaith. Wrth iddi dynnu batri bach newydd o'i becyn a'i ddodi yng nghefn yr oriawr fechan (oriawr menyw) asesodd Julie'r sefyllfa. Fe fu'r fenyw hon yn ddyn ar un adeg a nawr drwy gelfydd lawdriniaeth feddygol roedd hi'n fenyw. Roedd Julie yn ddigon cyfforddus gyda'r peth. Ni fyddai Mr Morgans yn gwybod sut i ddelio gyda chwsmer fel hon. Gwenodd Julie arni,

'Hoffech chi gael y bocs?'

Coffi oedd brecwast Beethoven. Fe fyddai yn ei baratoi'i hunan. Credai yn gryf fod y cwpaned coffi perffaith yn cynnwys trigain ffeuen yn unig, dim mwy, dim llai, ac fe fyddai'n rhifo'r ffa i wneud yn siŵr fod y coffi yn cyrraedd yr ansawdd delfrydol. Coffi yw 'mrecwast innau ond yn lle cyfri'r ffa a'u malu ac ychwanegu'r dŵr a'i ferwi ac yn y blaen bydda i'n dod yma i'r siop goffi hon lle mae'r coffi'n cael ei baratoi ar fy nghyfer gan rywun arall sydd yn *barista* gyda graddfeydd honedig yn y gelfyddyd o baratoi coffi. Ond er bod y *latte* yma yn ddymunol ac yn sawrus rwy'n eitha siŵr na chafodd y ffa mo'u cyfri a go brin bod yna chwe deg ohonyn nhw yn y cwpaned hwn. Nid fy mod i'n poeni am ddilyn egwyddorion Beethoven ynghylch paratoi coffi i'r ffeuen. Gartre ar fy mhen fy hun byddwn i'n ddigon bodlon ar lwyaid o lwch *Nescafé* mewn mŷg a dŵr berwedig o'r tegell drosto. Dydw i ddim yn honni bod yn *connoisseur*. Dwi'n dod yma i Coffi Anan i weld pobl, ie, ond yn bennaf i gael fy ngweld. I ddangos fy hunan.

Rydw i o'r farn fod pob diwrnod yn gyfle, yn siawns, yn dro newydd i ddangos fy nillad a'r diddordeb sydd gyda fi mewn ffasiwn. Go brin fod gan Beethoven ffeuen o ddiddordeb yn ei ddiwyg, a byddwn i'n tybio'i fod yn ddigon bodlon yn gwisgo'r un dillad, yr un hen siaced, yr un trowsus, ddydd ar ôl dydd nes bod ôl traul yn ei orfodi i feddwl am gael rhai newydd. Ond yna roedd Beethoven yn athrylith mewn cerddoriaeth. Rydw i'n athrylith ar gyfuno lliwiau a deunyddiau, sgidiau, hetiau, siacedi, cotiau a throwsusau. A rhaid i mi greu cyfosodiadau gwahanol a newydd a thrawiadol bob dydd, os gallaf. Gadewch i mi feddwl beth roeddwn i'n ei wisgo dridiau 'nôl; gan ddechrau gyda'r het, felly, 'If you want to get ahead get a hat,' *homburg* goch oedd hi, ruban goch sidan o gwmpas y corun, siwt o'r un lliw bron, *vermillion* ddywedwn i, sgidiau croen crocodeil (ffug) coch tywyll, crys glas tywyll, tei – dyma'r cyffyrddiad mwya annisgwyl, efallai – gwyn, cot fer hyd at y ben-lin, glas tywyll eto, ond arni goler go lydan o ffwr llwyd, lliw llechen. *Ensemble* digon syml i mi, ond y coler oedd y *pièce de résistance*. Ddoe cyfuniad hollol wahanol. Gadawaf yr het tan ddiwedd y disgrifiad y tro hwn; trowsus lliw hufen, digon sobr, meddech chi, ond arhoswch, gwasgod ddu gyda phatrwm o barau o rosod bach, un coch ac un gwyn, drosti i gyd, botymau bach o berlau crwn, yna roedd y siaced yn las tywyll ond glas brenhinol y tro hwn, yn wahanol i'r crys *navy* echdoe, sgarff denau denau a phob math o liwiau arni, smotiau mawr coch, gwyrdd, glas a llinellau llydan du. A'r het? Pinc. Band lledr brown o amgylch y corun. Fe'i gwisgais ychydig ar y sgi-wiff. Faint o farciau gawn i am yr het yna gyda chi, gwedwch? A heddiw, fel y gwelwch, mae'n het fawr, cantel llydan, lliw'r tywod, crys – beth yw'r lliw hwn, gwedwch, *mauve*? Lafant? Mae'n ysgafnach na phinc, ta beth. Menig o'r un lliw, gwasgod wen, botymau *tortoiseshell*, ac fel y gwelwch yn y lapél rhosyn sy'n cyd-fynd i'r dim gyda'r crys. Er taw y fi fy hun sy'n dweud hyn, credaf taw'r wisg hon yw'r fwya trawiadol hyd yn hyn eleni.

Hoffech chi wybod beth sydd 'da fi yn barod i'w wisgo yfory?

Pan aeth e ma's i'r ardd y bore hwnnw i roi dŵr i'r planhigion, yn ôl ei arfer, synhwyrodd yn syth fod rhywbeth ar goll. Ei synhwyro wnaeth e cyn ei sylweddoli a'i lawn amgyffred gyda'i holl ymwybyddiaeth, fel petai. Wedi'r cyfan roedd hi'n dal i fod yn foreol iawn ar y pryd ac yntau heb gael ei goffi a'i frecwast. Ar y *patio* lle roedd yna ford a phedair cadair a *parasol* neithiwr, doedd yna ddim cadeiriau, dim bord, dim *parasol*. Roedd hi'n amlwg fod rhywun wedi dod dan gochl y nos a'u cymryd yn llechwraidd a llwyddo i wneud hynny heb smic o sŵn wath doedd Bela'r gorgast na Jimbo'r labrador du ddim wedi cyfarth o gwbl. Er gwaetha'r holl fwstwr roedden nhw ill dau mor hoff o'i gadw yn ystod y dydd, cŵn gwarchod diwerth oedden nhw liw nos. Cysgasent yn sownd drwy'r cwbl. Teimlai Daniel yn grac.

'Mavis! Dere ma's i weld 'yn,' meddai wrth ei wraig, ond nid cyn iddo regi yn ffyrnig a melltithio'r lladron wrtho'i hunan.

Teimlai'n chwerw iawn wath roedd y celfi yn newydd sbon ac yn weddol o brid. A beth oedd yn gwylltio Daniel fwy na dim oedd bod y glwyd wedi cael ei bolltio ac roedd e wedi dodi carreg drom wrth ei gwaelod i atal lladron! Gwastraff amser.

'Ffonia'r heddlu,' oedd ymateb cyntaf Mavis.

'Ffonia'r heddlu, wir! Pwy iws 'sa'r polis ffor 'yn? Mae gwell waith 'da nhw i neud na boddran ambythdi cwpwl o gadeirie, fenyw!' Aeth hi'n dân golau rhyngddyn nhw wedyn nes bod Daniel ddim yn gallu sefyll yn y tŷ. A dyma fe'n mynd i'r dre i gael bod ma's o'r ffordd.

Chwarter awr yn nes ymlaen, wrth iddo gyrraedd y dre roedd e'n dal i gorddi. Ac yntau'n sefyll yn y Stryd Fawr ni wyddai beth i'w wneud ag ef ei hun yno. Galwai yn swyddfa'r heddlu ar y ffordd adre, er, fel y dywedasai wrth y wraig, doedd e ddim yn ffyddiog cael dim synnwyr ganddyn nhw. Ond ni châi lonydd gan Mavis pe na bai'n rhoi gwybod iddyn nhw am y drosedd. Peth bach dibwys iddyn nhw oedd hyn o gymharu â'r holl ddyfeisgarwch ynghylch torri cyfraith oedd yn mynd yn ei flaen yn y fro.

Aeth Daniel i'r *Spar* ar y gornel i brynu papur newydd er nad oedd yn moyn un.

Yr hyn na ddeallai oedd distawrwydd y cnafon. Rhaid bod o leia ddau ohonyn nhw wath roedd y polyn *parasol* yn hir a'r gwaelod oedd yn ei angori i'r llawr yn eitha trwm, heb sôn am y ffaith fod yna bum darn i gyd. Buon nhw fel y cadno yn wir. Mewn a ma's. Rhaid bod un ohonyn nhw wedi dal y glwyd ar agor wrth i'r celfi gael eu cario i ffwrdd. Ond roedden nhw wedi'i chau hi'n dwt ar eu holau, chwarae teg iddyn nhw.

Oedd hi'n werth gwneud cais i'r cwmni yswiriant? Go brin. Doedd dim un dderbynneb gyda nhw i brofi'u gwerth. Ond roedd eu prynu nhw wedi golygu tipyn o aberth iddyn nhw, wath roedd ef a Mavis yn byw ar bensiwn bach.

Gwta mis yn ôl roedden nhw wedi'u cael nhw, 'na gyd, ac roedden nhw'n disgwyl ymlaen at gael eistedd dan gysgod y *parasol* a chael bwyd wrth y ford gyda'r wyresau bach. Ond wedi'u prynu chawson nhw mo'r tywydd. Dim ond glaw. A doedd y mab ddim wedi galw gyda'r plant ers wythnosau, ta beth.

Oedd ots cael celfi newydd yn eu lle nhw?

Roedd yn rhaid iddi ffurfio strategaeth. Rywsut neu'i gilydd roedd hi'n gorfod dianc rhag y dre fach ddinod hon, oedd yn amlwg yn ei dal hi 'nôl, a mynd i rywle cyffrous a deinamig lle y gallai roi rhwydd hynt i'w chreadigrwydd a'i doniau cynhenid. Ei *role model* oedd Grace Coddington. Cafodd honna ei geni a'i magu ar Ynys Môn ond fe lwyddodd i'w gadael yn bell ar ei hôl gan esgyn i entrychion ffurfafen byd ffasiwn fel cyfarwyddreg greadigol *Vogue* yn America. Os oedd modd i rywun o Ynys Môn ddod ymlaen yn y byd, siawns na allai hithau ddianc rhag twll o le fel hwn.

Wel, mewn ffordd roedd hi wedi dechrau'i strategaeth yn barod. On'd oedd hi wedi claddu Siwan, ei hen enw hen ffasiwn a dinod drwy fynnu bod pob un yn ei galw hi yn Juno? Roedd ei ffrindiau i gyd wedi derbyn yr enw yn ddidrafferth. Peth arall oedd cael ei mam a'i thad i'w fabwysiadu. Roedd ei mam yn treio, chwarae teg iddi, ond byddai wastad yn anghofio ac yn llithro 'nôl yn rhwydd i'r hen Siwan neu Siw. Ond roedd ei thad wedi pallu yn llwyr â'i galw hi'n Juno. Dim unwaith hyd yn oed. Cafodd bregeth ganddo ynghylch Cymreictod a gwreiddiau a'r iaith Gymraeg ac yn y blaen. Gawd! Get a life, Dad! Na, os oedd hi'n mynd i'w chreu ei hunan o'r newydd, yna roedd hi'n gorfod dechrau gyda'r enw. Juno oedd hi nawr. Yn ddiweddar roedd hi wedi dechrau mynd i stiwdio ffitrwydd Jewe£a yn y dre, er mwyn gwella ei ffigur. Cafodd Jewe£a ddylanwad mawr ar ei meddwl pan ddywedodd taw gyda'r enw mae rhywun yn dechrau ail-greu'r hunan, a'i bod o'r farn y dylai pob plentyn gael enw dros dro ar ddechrau'i fywyd, ond yna, wrth iddo neu wrth iddi gyrraedd oedran lle roedd ef neu hi'n gallu deall pethau yn iawn, tair ar ddeg oed, efallai, un ar bymtheg o bosib, yna y dylai gael yr hawl i ddewis ei enw ef neu hi ei hun. Mewn ffordd, gyda'r drefn sydd ohoni mae pob un yn cael ei orfodi i dderbyn dewis ei rieni. Gallai hynny fod yn chwithig pan fyddai enw fel Kylie neu Britney neu Siwan yn mynd ma's o ffasiwn.

Edrychodd Juno lawr ar y Stryd Fawr – roedd hi wastad yn licio mynd lan star yn Coffi Anan – fel rheol byddai yno lai o gwsmeriaid ac roedd peth hwyl i'w gael o wylio pobl yn y stryd heb yn wybod iddyn nhw. Wedi dweud hynny roedd hi wedi syrffedu gweld yr un hen rai – beth arall oedd i'w ddisgwyl o dre mor fach? Yr hen drampes yn eistedd ar y pafin o flaen swyddfa'r post yn chwibanu tiwniau angherddorol, y dyn neu'r fenyw fawr drawsrywiol yn ei ffrog hir laes a'i gwallt fel seren o'r saithdegau, y ferch o hipi, druan ohoni, gyda'i holl sgarffiau a breichledi, mwclis, clustdlysau. On'd oedden nhw'n bathetig? A theimlai Juno fod yr hen adeiladau a'r hen siopau yn syllu yn ôl arni gan wneud hwyl am ei phen. Y siop bunt, *Clarks*, siopau elusennol bondigrybwyll, siop gardiau. Yr unig siop o werth ac o ddiddordeb iddi hi ar y stryd hon oedd yr un fach yna ar gyfer dillad dynion a oedd yn gwneud ymdrech, chwarae teg iddi hi o leia, i fod yn drendi. Ac roedd yna ddyn ifanc gweddol olygus yn gweithio yno. Âi i mewn wedi bennu ei choffi. Ond mynd rhywle cwbl wahanol oedd y peth nesa ar ei chynllun pum mlynedd. A nace Llundain, dewis cyntaf ei chyfoedion i gyd yn yr ysgol, ond rhywle llawer mwy swynol a hudolus – Efrog Newydd, Paris, Barcelona, Berlin. A beth am Milan?

Roedd Stephen yn siarad. Ac roedd hithau'n gwrando. Peth.
Clywed ei lifeiriant o eiriau yn golchi drosti oedd hi yn hytrach
na gwrando yn astud a glynu wrth bob gair. Roedd hi wedi
rhoi'r gorau i hynny ers tro ac wedi hen golli llinyn y sgwrs, neu
fonolog yn hytrach. Cymerai hithau ran o dro i dro drwy nodio'i
phen a dweud 'ie' neu 'na' pan synhwyrai fod gofyn iddi gytuno
neu gyd-fynd ag ef. Roedd hi'n debyg i berson trwm ei glyw gan
na allai fod yn hollol siŵr ei bod wedi ymateb gyda'r gair neu'r
ystum priodol. Ond doedd dim ots neu fawr o ots gan Stephen.
Ymlaen yr âi. Ymlaen ac ymlaen ac ymlaen.

Rywsut roedd rhaid iddi ddweud wrtho fod eu perthynas ar
ben. Wedi'r cyfan doedd hi ddim yn berthynas yng ngwir ystyr
y term. Roedd popeth ar ei ochr ef a hithau yn ei wasanaethu,
fel petai, fel teclyn neu offeryn, peth a oedd yno, wrth law fel y
gallai ef arllwys ei ddiddordebau, ei gwynion a'i brotestiadau,
ei deimladau a'i fympwyon rhywiol i mewn iddo. Beth am ei
ddiddordebau hi? Ei theimladau hi? Ei hanghenion rhywiol
hi? Ni allai Amy ddweud yn sicr fod gan Stephen unrhyw
ddiddordeb na chwilfrydedd yn eu cylch. Roedd hi wedi
buddsoddi ychydig dros flwyddyn ynddo gyda'r nesa peth i
ddim llog. Roedd hynny, fe dybiai, yn ddigon. Os oedd hi wedi
meddwl ar y dechrau y gallai hi dreulio gweddill ei hoes gydag
ef roedd y syniad hwnnw wedi hen ballu a nawr roedd yn ei
dychryn. Roedd hi wedi cyrraedd pen ei thennyn ac roedd
hi'n gorfod dweud wrtho nawr, y bore yma. Doedd hi ddim

yn rhagweld ymateb tawel ganddo. Dyna'r pam roedd hi wedi'i dywys tuag at Coffi Anan. Pe baen nhw'n eistedd yno â phaned o goffi o'u blaenau a digonedd o bobl eraill o'u cwmpas, go brin y gallai e wylltio a dechrau taflu'i glychau.

'...ond fel o'n i'n gweud wrth Andy, mae pob aelod seneddol yn gorfod cyfaddawdu ar ei egwyddorion os yw'n dymuno dringo'r polyn llithrig gwleidyddol yn y wlad hon. Mae'n gorfod bod yn Machiavelliaidd. Wrth gwrs, doedd Andy ddim yn gyfarwydd â'r term yna, felly roedd rhaid i mi esbonio. Ond sut y'ch chi'n egluro Machiavelliaidd mewn brawddeg neu ddwy? Gwnes i fy ngorau ond doedd gan Andy ddim clem beth oedd 'da fi, felly, doeddwn i ddim haws...'

Mae'n debyg ei bod wedi'i weld yn ddeniadol ar y dechrau, meddyliai. Oedd, roedd yr atyniad rhywiol yn gryf ar y pryd. Ond nawr, roedd yn anodd cofio hynny heb sôn am ei ailgynnau. Bu'n ymwybodol o'r ffaith fod pobl eraill yn ei weld e'n olygus a phryd hynny teimlai'n genfigennus ac yn amddiffynnol. Ble oedd y rheina nawr tybed? Byddai hi'n eu croesawu nhw, 'Hwde! Cymerwch e!' Prin y gallai ddioddef ei bresenoldeb. Teimlai ryw gryd yn mynd trwyddi, weithiau, pan ddeuai yn rhy agos ati. Pan gyffyrddai â hi prin y gallai ei hatal ei hunan rhag tynnu i ffwrdd. A phan deimlai rhywun fel hyn doedd dim modd cynnal math ar berthynas.

Yr ystyriaethau hyn oedd yn mynd trwy'i meddwl, wrth iddyn nhw gerdded lan y stryd i gyfeiriad Coffi Anan, nid yr hyn roedd Stephen yn siarad amdano. Pe bai rhywun wedi pwyntio dryll at ei thalcen a mynnu'i bod yn rhoi crynodeb bras o beth a ddywedasai Stephen yn ystod y pum munud diwetha fe fyddai hi'n gorfod talu â'i bywyd. Doedd ganddi ddim amcan am beth yn y byd roedd e'n parablu amdano nawr. Ac roedd e mor daer bob amser, mor angerddol. Roedd ganddo farn ddigyfaddawd ar bob peth. Roedd ei danbeidrwydd yn dreth ar ei hegni bellach. Roedd ei frwdfrydedd yn ei flino.

Yna safodd Stephen o flaen ffenestr Dorian Grey. Yn yr eiliad yna o ddistawrwydd gwelodd Amy ei chyfle.

'Co, mae Coffi Anan gyferbyn. Gawn ni fynd am goffi, plis, Stephen?'

Yn un o'r banciau (un o bedwar o'r rhai mawr ar y Stryd Fawr, ynghyd â nifer o gymdeithasau adeiladu) edrychodd Melissa ar y cloc. Roedd ganddi amser hir eto i ddisgwyl ymlaen at gael cwrdd â'i chariad, Tom, a weithiai yn siop yr optegydd. Dros dri chwarter awr. Âi'r amser yn gynt, fel petai, pan fyddai'r banc yn brysur, ac fel rheol byddai ganddi gynffon o gwsmeriaid yn sefyll mewn rhes i'w gweld hi, un ar ôl y llall, a hithau ar ddyletswydd wrth y dderbynfa. Ond dyma hoe fach. Neb yn gofyn am ei gwasanaeth hi. Roedd yna gwsmeriaid yno, wrth gwrs, ond aethai rheina yn syth at y cownteri. Doedd ganddi ddim i'w wneud dan yr amgylchiadau ond sefyll ac edrych yn bert ac aros am y cwsmer nesa.

Roedd Melissa yn ddigon hapus bod yn dderbynnydd. Roedd hi'n cwrdd â mwy o bobl gydag amrywiaeth o gwestiynau. Yr un peth, dro ar ôl tro oedd ei dyletswydd pan weithiai fel ariannwr. Wedi dweud hynny, fel derbynnydd roedd hi'n gorfod sefyll ar ei thraed drwy'r dydd ac roedd bod yn serchus a gwenu ar bob un, dim gwahaniaeth pa mor gas neu anghwrtais oedden nhw, yn dipyn o straen. Weithiau teimlai yn flinedig, ond roedd rhaid iddi wenu a bod yn foesgar. Weithiai teimlai'n flin, ond roedd rhaid iddi fod yn foesgar a gwenu. Yn aml iawn byddai ei thraed a'i chefn yn ei phoeni a hithau wedi bod yn sefyll ers oriau. Dim ots, rhaid iddi wenu a rhaid iddi fod yn foesgar. Roedd y rhan fwyaf o'r cwsmeriaid yn ddigon cwrtais, a bod yn deg ond yn anochel, o dro i dro, câi un a fyddai'n surbwch ac yn swta tuag ati. Er ei bod yn dymuno rhoi clatsien i'r cwsmer blin rhaid iddi wenu a bod mor foesgar ag y gallai. Ac o ystyried hynny roedd bod yn dderbynnydd yn waith peryglus. Pe bai cwsmer yn colli hunanreolaeth yn llwyr doedd ganddi ddim i'w hamddiffyn. Roedd sgrin o wydr cryf rhwng yr arianwyr a'r cwsmeriaid. A phe bai rhyw wallgofddyn yn dymuno meddiannu'r banc y peth cyntaf a wnâi fyddai cipio'r derbynnydd. Ond mewn tref fach fel hon doedd pethau fel'na ddim yn digwydd.

Roedd Melissa yn benderfynol o beidio ag edrych ar y cloc eto. Edrychodd drwy'r ffenestr ar y stryd. Gwelodd y fenyw dew yn eistedd o flaen swyddfa'r post. Weithiau âi'r tiwniau a chwaraeai ar ei nerfau ond y bore 'ma fe'i swynid gan dinc o dristwch yn yr alaw. Meddyliai am Tom. Tri neu bedwar adeilad yn unig oedd rhyngddyn nhw ond yn sydyn, dan effaith y gân hiraethus, fe deimlai fel cyfandir i ffwrdd. Cofiai deimlo'i freichiau amdani yn y gwely y bore hwnnw pan ganodd y larwm aflafar, cyn iddyn nhw iawn ddeffro. Lai na phedair awr yn ôl a deimlai fel pedair canrif. Chwarter canrif cyn iddi gael aduniad ag ef eto. Roedd yna ryw ddirgelwch ynghylch amser. Dim ond dri mis yn ôl y cyfarfu Melissa â Tom ond o fewn mater o oriau fe deimlai'i bod hi'n ei nabod ers blynyddoedd, ers degawdau, ers canrifoedd yn wir. Roedden nhw'n deall ei gilydd i'r dim, yn licio'r un pethau, yr un bwyd, yr un gerddoriaeth, yr un ffilmiau. Pan welodd Melissa Tom gyntaf clywsai lais oddi fewn yn dweud wrthi ei bod hi'n mynd i briodi'r bachgen hwn. Ond doedd hi ddim wedi rhannu hynny gydag ef eto.

Yna llithrodd y drysau awtomatig ar wahân a brasgamodd y cwsmer, menyw hynod o dal yn gwisgo ffrog hir, tuag ati wrth i Melissa gymryd cip arall ar y cloc cyn gofyn,

'Ga i'ch helpu chi?'

Câi ei hamgylchynu gan demtasiynau wrth ei gwaith yn y siop siocledi bob dydd. Oedd, roedd hi'n siocoholig ac roedd ei chwsmeriaid bron yn ddieithriad, hwythau yn siocoholigs, ond ar wahân i'r ysfa i gloi'r drws a gwledda ar y danteithion moethus o'i chwmpas, gan eu rhyddhau o gaethiwed eu bocsys sidanaidd a rhwygo i ffwrdd y papur aur ac arian a sglaffio'r melysion un ar ôl y llall, roedd yna demtasiynau eraill – y cwsmeriaid eu hunain. Nid pob un ohonynt yn naturiol, ond ambell un. Coleddai Nadia ffantasïau rhamantaidd, erotig am un neu ddau, neu dri, pump o bosib. Wel, rhyw chwech, efallai. Saith ar y mwya. Wedi'r cyfan, doedd hi ddim yn nymffomaniag o bell ffordd, i'r gwrthwyneb; roedd ei chymhellion rhywiol dan reolaeth berffaith – bron â bod. Ac roedd ei breuddwydion nwydus yn ddigon diniwed yn y bôn.

Er enghraifft, roedd un o'r dynion a ddeuai i'r siop o bryd i'w gilydd yn ei hatgoffa o ryw anturiaethwr a ddringai fynyddoedd rhewllyd a pheryglus. Rhoes iddo'r enw Ralph, er nad oedd ganddi amcan beth oedd ei enw go iawn. Yn y stori a ffurfiodd yn ei meddwl pan gymerodd ei gerdyn wrth iddo dalu am focs ysblennydd o *truffles* dro yn ôl, hyhi Nadia, oedd ei wraig, ac roedd yntau Ralph (ynganer Reiff), newydd ddychwelyd o ddringo Kilimanjaro neu K2 (doedd ganddi fawr o ddiddordeb pa fynydd oedd e), ac roedd e'n dal i fod yn oer ac yn flinedig, heb siafo a heb gael bàth ers wythnosau, a'i thasg hi oedd ei ddadebru, fel petai, ei olchi, ei nyrsio, ei fwydo – gyda siocledi, beth arall? Ond dyna i gyd a wnaeth hi yn y byd go iawn oedd rhoi'r cerdyn yn ôl iddo gyda'i dderbynneb, dodi'r bocs mewn bag pum ceiniog a dweud 'Diolch yn fawr'.

A chwsmer arall oedd y dyn tal tenau (nid ef oedd yn b'yta'r siocledi a brynai, yn amlwg), hwnnw a wisgai hetiau mawr a sgarffiau lliwgar. Roedd hwn, ym meddwl Nadia, yn ddeallus yn ddigamsyniol, yn athro yn y brifysgol (digon tebygol) a ddarlithiai ar lenyddiaeth erotig Ffrainc. Ei henw hi amdano oedd Hugo, ac roedd hithau'n un o'i fyfyrwyr. Afraid dweud y cwympai ei fyfyrwyr i gyd mewn cariad ag ef, yn fechgyn ac yn ferched, mor hudolus a swyngyfareddol oedd ei ddarlithiau. Ond doedd ganddo ef ddim iot o ddiddordeb ynddyn nhw, dim ond llygaid ar ei chyfer hi oedd ganddo. Aent ar ôl y ddarlith i'w swyddfa fechan i ddarllen cerddi rhywiol yn Ffrangeg a b'yta siocledi ymhlith ei lyfrau a'i bapurach.

Ond ffefryn Nadia oedd gŵr ifanc a welai yn fynych gan ei fod yn gweithio yn siop yr optegydd gyfagos. Ni wyddai Nadia enw hwn chwaith er ei bod yn deg dweud ei fod yn gwsmer rheolaidd. Yn ddiweddar prynai siocledi i'w gariad yn gyson. Ym meddwl Nadia hyhi oedd derbynnydd un o'r bocseidiau gogoneddus hyn. Byddai yn eu rhannu gydag ef yn ystod nosweithiau noethlymun ar wely sidan a phetalau rhosynnau cochion wedi'u gwasgaru ar ei draws. Nid un i osgoi ystrydebau rhamantaidd yn ei byd ffantasïol mo Nadia. Ond yn ei bywyd beunyddiol gweinai hi ar y cwsmer golygus hwn fel y deliai gyda phob cwsmer arall gyda'r cyfarchiad cwrtais arferol – bore da, prynhawn da, priodol – a'r diolch yn fawr ar y diwedd.

Un diwrnod, efallai, deuai ei Lanslot go iawn i'r siop ac fe welai yn Nadia ei Wenhwyfar ac fe gwympent mewn cariad a mynd i fyw gyda'i gilydd yng Nghamlan a byw'n hapus weddill eu dyddiau.

Ai ef fyddai ei chwsmer nesaf?

Profedigaeth. Nac arwain ni i brofedigaeth eithr gwared ni rhag drwg. Nid yw Gweddi'r Arglwydd yn derbyn ei dadansoddi yn fanwl. O leia, nid yw pob rhan ohoni yn derbyn ei hasesu. Wedi dweud hynny rydw i wedi'i hadrodd weithiau dirifedi. Fe'i dysgais ar lin Mam, yn llythrennol. A'i hadrodd wedyn yn yr ysgol ac yn yr ysgol Sul ac mewn cyrddau rif y gwlith. Ond mae rhannau ohoni wastad wedi 'nharo i yn od. Ambell linell, hynny yw. Ond dim ond yn ddiweddar dwi wedi meddwl o ddifri am y rhannau hyn. Ofn cablu sydd wedi 'nghadw i rhag ei wneud o'r blaen. Ond nawr dwi ddim yn ofni cablu o gwbl.

A maddau i ni ein dyledion, fel y maddeuwn ninnau i'n dyledwyr. Nawr, on'd yw hwn'na yn od? Teimlwn fel gofyn i bobl ar y bws ar y ffordd lawr i'r dre 'ma. Ond go brin y byddai'r rhan fwya yn deall yr iaith heb sôn am wybod y weddi. Ond meddyliwch am y peth, on'd yw'r weddi yn gofyn am i Dduw i'n maddau fel yr ydym ni yn maddau i eraill yn barod? Dyna be mae'r weddi'n dweud yn glir, ontefe? Felly, gofyn y mae hi am i'r Hollalluog fod mor faddeugar a goddefgar â ni, maddeuwn ninnau i'n dyledwyr. Dweud y mae hi fod meidrolion dynolryw yn maddau yn awtomatig ond nid yw maddeuant Duw i'w gymryd yn ganiataol heb inni erfyn amdano. Dere 'mlaen, Dduw!

A dyna beth arall sydd wastad wedi 'nharo i'n od. Dyledion yn Gymraeg, *trespasses* yn Saesneg. Dau beth hollol wahanol. Dau air sy'n cyfieithu rhyw air neu derm yn yr iaith wreiddiol nad yw'n cael ei gyfleu yn berffaith yn y cyfieithiad. Rhywbeth rhwng dyledion a *trespasses*. Sydd yn dod â ni yn ôl at y gair profedigaeth. Yn Saesneg *temptation* yw'r gair. Wel, mae byd o wahaniaeth rhwng temtasiwn a phrofedigaeth. Felly, beth ys gwn i, sydd yn y gwreiddiol? Dyna ddangos eto nad yw gwahanol gyfieithiadau o'r Beibl yn dweud union yr un peth. Felly, allwch chi ddim dibynnu bod Cristnogion ar draws y byd sy'n siarad ieithoedd gwahanol yn golygu'r un peth, hyd yn oed wrth ddefnyddio ysgrythur mor sylfaenol â Gweddi'r Arglwydd. Allwch chi ddim dibynnu ar y cyfieithiadau o'r Beibl rydyn ni wedi dibynnu arnyn nhw ar hyd ein hoes.

A beth am y gair profedigaeth? Mae'r gair wedi dod i feddwl colli neu amddifadu drwy farwolaeth ond mae hynny yn drosiad, yn iwffemistiaeth sydd i fod i gyfleu'r prawf y mae rhywun yn mynd trwyddo wrth golli câr i angau. Tyfodd y defnydd yma o'r gair o derminoleg y bedwaredd ganrif ar bymtheg ac anghydffurfiaeth drwy'r dymuniad i osgoi siarad am farwolaeth mewn ffordd blaen uniongyrchol, mae'n debyg. Ond, dim ond dyfalu ydw i. Mae'r gair ei hun yn amlwg yn tarddu o'r gair prawf, ac yng Ngweddi'r Arglwydd ei ystyr wreiddiol sy'n cael ei ddefnyddio. Nid 'nac arwain ni rhag colli rhai annwyl i farwolaeth' yw'r ystyr yna eithr 'nac arwain ni i fynd drwy dreialon anodd bywyd, profiadau gofidus a helbulon'. Hynny yw, pethau sydd yn ein profi gan gynnwys temtasiynau, o bosib; dyna le mae rhywun yn synhwyro peth o ystyr y gair yn yr iaith wreiddiol, efallai.

Ta beth, fe ges i, ac rwy'n dal mewn profedigaeth. Cael fy mhrofi ydw i ers i mi golli Sarah, y wraig i gancr. A dyma'r tro cynta er ei chladdedigaeth i mi fentro i'r dre 'ma ar fy mhen fy hun. A dyma fi yma drwy ryw ddirgel ffyrdd. Yn sefyll yn y Stryd

Fawr. Rhai yn cerdded i'm cyfeiriad, yn fy mhasio, yn cordeddu o'm cwmpas, heb unrhyw amcan o'r gwacter yn fy mywyd, heb syniad o'r brofedigaeth yma.

A nawr 'mod i yma be dwi fod i'w wneud?

Heia Tony,

Dwi'n eistedd mewn caffe o'r enw Coffi Anan – ie, dwi'n gwbod! Am enw, ontefe! Ond mae *wi-fi* i gael yma felly dwi'n hala'r e-bost 'ma atat ti. Mae'r coffi yn dda ac mae teisennau hyfryd i gael 'ma (ta ta, deiet!). Mae'r *baristas* (ai dyna beth y'ch chi'n galw y rhai sy'n gwneud y coffi?) mewn gwahanol raddfeydd mae'n debyg. Mae rhai, fel dwi'n deall, yn ôl eu crysau, yn feistri! Pwy 'se'n meddwl y gallwch chi fod yn feistr gradd am arllwys dishgled o goffi? Ond mae'r lle 'ma yn uffern ar y ddaear, llawn plant yn sgrechian, hen bobl, a jyst yn ofnadw o brysur a swnllyd drwy'r amser. 'Na gyd dwi'n mynd i'w wneud yw sgrifennu'r pwt o e-bost 'ma, yfed fy nghoffi, b'yta'r deisen fach farwol yma a gadael mor fuan ag y galla i (heb adael cildwrn i'r 'Meistri'). Wedyn 'nôl i'r gwaith. Ych! Mae'r holl dre 'ma yn dechrau dweud ar fy nerfau. Ti'n lwcus ac yn gall wedi symud i Ontario. Blwyddyn arall yma ac af yn wallgof, wi'n dweud wrtho ti. Dwi'n teimlo weithiau fy mod i'n troi mewn cylchoedd yma, fel pysgodyn aur mewn powlen. Yr un hen siopau, yr un hen wynebau ymhobman. Wyt ti'n cofio'r hen fenyw 'na oedd wastad yn eistedd o flaen swyddfa'r post yn chwibanu am geiniogau? Wel, mae hi'n dal i wneud hynny ac mae'n gwneud hynny heddiw AR HYN O BRYD! Does dim byd yn newid yma. A does dim trefi eraill cyfagos. Ti'n mynd yn y car am hanner awr a ti'n cyrraedd nunlle.

Hanner awr arall. Nunlle o hyd. Mae'n cymryd awr a hanner i gyrraedd rhywle arall o werth! Wel, ti'n gwbod hyn i gyd, ti wedi byw 'ma. Felly, sai'n gwbod pam fy mod yn d'atgoffa ohono.

Wrth ford gyfagos mae dwy hen fenyw a drws nesa iddyn nhw mae 'na fenyw ganol oed sydd yn bramiau ac yn fagiau siopa ac yn blant i gyd. Dim ond tri sydd gyda hi a gweud y gwir ond maen nhw'n rhedeg ar hyd y lle ac yn cadw cymaint o stŵr fel ei bod hi'n teimlo fel tase naw o'r diawliaid yma. Ma's ar y stryd gwelais y ferch honna sydd yn gwisgo fel hipi, fel petai hi wedi cerdded ma's o 1974, ti'n ei chofio? A nawr mae'r dyn mawr 'na sy'n gwisgo fel menyw newydd gerdded mewn. Mae Melissa sy'n gweithio gyda fi yn gweud ein bod ni fod i feddwl amdano fel menyw gan ei fod wedi cael yr op, eu bod nhw wedi tynnu ei aperatws gwrywaidd i ffwrdd. Ond alla i ddim meddwl amdano fel'na. I mi mae'n dal i edrych fel dyn, er gwaetha'r dillad a'r gwallt. Mae'n rhy dal am un peth. A'r dwylo mawr, a'r ffordd mae'n cerdded. Ti'n gallu gweud yn syth nace menyw go iawn yw e. Na, meddai Melissa, menyw yw e nawr a rhaid inni barchu 'i ddewis. Wel, ti'n nabod fi, does 'da fi gynnig i'r holl fusnes cywirdeb gwleidyddol 'ma. Dyn yw dyn a menyw yw menyw a ti byth yn gallu newid hynny. Wrth gwrs, tase fe'n dod at fy nghownter i baswn yn ei drin e fel pob cwsmer arall. Digon cwrtais. A 'se'n mynd i ffwrdd dim callach 'mod i'n dal i feddwl amdano fel dyn. A phaid dechrau sôn wrtho i am fewnfudwyr! Mae mwy o Bwyleg i'w chlywed ar y stryd 'ma nawr na Chymraeg. A chred ti neu beidio mae mwy o Foslemiaid. Gwelais ddau yn pasio'r caffe nawr, yn farfau i gyd.

Ond dwi'n dechrau rantio nawr! Dwi'n cwpla'r deisen a'r

coffi. Mae gyda ni gyfarfod y prynhawn 'ma. Rhaid cael cyfarfod bob hyn a hyn er mwyn gwneud dim! Felly 'nôl at y gwaith.

Hwyl
Chris xxx

O.N. Sut mae'r cathod?

60. Cerdyn pen-blwydd oddi wrth Anti June a hithau'n wyth deg naw oed ac yn byw mewn cartre i'r henoed. Chwarae teg iddi am ei gofio. Rhaid ei bod hi wedi gofyn i un o staff y cartre i brynu'r cerdyn a'i bostio. To a Wonderful Nephew. Roedd ei sgrifen yn sigledig. Dymuniadau Gorau, Anti June xxx.

Dim ond dwy amlen arall oedd gydag ef. Tri cherdyn i gyd. Agorodd y ddwy arall. Y naill oddi wrth hen ffrind a'r llall oddi wrth un o'r cymdogion. Doedd gan Orig ddim syniad y gwyddai honno ei fod yn cael ei ben-blwydd. Gosododd y cardiau a'r amlenni toredig o'i flaen ar y ford yn y caffe a chodi'r cwpanaid o de i'w wefusau.

Teimlai'r sbectol newydd yn ddieithr. Doedden nhw ddim yn eistedd yn gyfforddus ar bont ei drwyn nac o gwmpas ei glustiau. Ac, fel arfer, gyda sbectol newydd roedd clirdeb y lensys yn rhy lachar ac yn ei ddrysu ychydig. Ond gwyddai o brofiad y deuai yn gyfarwydd â nhw yn y man. Roedd y caffe yn brysur a phrin oedd y bordydd heb neb wrthyn nhw. Teimlai Orig ei fod e'n gweld pobl yn glir, yn rhy glir, efallai. Y fenyw gyda'r plant afreolus, dwy hen fenyw, y naill gyda *rosatia* ar draws ei thrwyn, y llall yn b'yta teisen a'r briwsion yn glynu wrth ei gwefusau a pheth ar ei gên. Dyna'r fenyw fawr od honno gyda'r dwylo anferth, newydd ddod mewn ac yn edrych am le i eistedd.

Yn sydyn meddiannwyd Orig gan angen gwneud dŵr. Cododd i fynd i'r tŷ bach ond yna daeth dyn ifanc i mewn i'r caffe o'r stryd, aeth heibio'r cownter heb brynu dim, (chymerodd y staff dim iot o sylw o hyn), ac aeth yn syth yn ei flaen i mewn i'r tŷ bach dan drwyn Orig. Roedd yn gas ganddo sefyllian yno gan ddisgwyl tu fas i'r drws fel plentyn bach drwg a phawb yn y caffe yn ei weld ac yn gwybod am beth roedd e'n aros yno. Ac roedd gorfodaeth y dŵr yn cynyddu bob eiliad ac yn dechrau mynd yn boenus. Oni ddeuai'r bachgen haerllug ma's yn fuan fe gâi Orig ddamwain ddyfrllyd iawn ac fe fyddai'r embaras a achosai hynny iddo yn annioddefol.

'Dewch ma's! Dewch ma's!' gweiddai yn ei feddwl. Ond roedd Orig yn rhy gwrtais ac yn rhy swil i ddweud dim nac i guro wrth y drws. On'd oedd ganddo berffaith hawl i gwyno wrth y staff fod person nad oedd yn gwsmer wedi meddiannu'r toiled? Oedd, ond pe symudai i ffwrdd o'r drws gallai'r llanc ddod ma's a gallai rhywun arall fachu'r lle o'i flaen eto. Gwaeth na hynny, pe symudai, pe siaradai roedd yna berygl y gwlychai'i hun. Anadlodd yn ddwfn gan geisio ymdawelu a gwnaeth ei orau i feddwl am bethau eraill nad oedd yn ymwneud â dŵr a hylif yn gyffredinol. Nid oedd hyn yn hawdd ac yntau'n sefyll mor agos at le roedd y *baristas* yn paratoi te a choffi a pheiriannau yn poeri ac yn chwythu ac yn chwistrellu.

Teimlai Orig yn benysgafn fel petai ar fin llewygu. Pe bai'n disgyn i'r llawr yn anymwybodol fe fyddai hynny yn fwy derbyniol na gwlychu'i ddillad ei hun.

Darllenasai Orig yn rhywle os oedd gyda chi ymwelydd, a chithau'n dymuno iddo adael eich cartre, yna pe baech chi'n consurio darlun ohono yn gadael yn eich meddwl, o fewn ugain eiliad fe fyddai'r ymwelydd yn mynd go iawn. Yna doedd e ddim yn siŵr, ugain eiliad neu ynteu ugain munud? Beth bynnag, lluniodd ffilm yn ei ddychymyg o'r llanc yn dod ma's o'r tŷ bach. Rhifodd yr eiliadau. Pasiodd ugain. Tri deg. Yna agorodd y drws a safodd y bachgen o'r neilltu wrth ddod ma's gan ddal y drws yn wahoddgar er ei fwyn a gofyn yn ddigon cwrtais,

'Ok?'

Ar ôl gadael pentwr mawr drewllyd yn nhŷ bach y caffe brysiodd Snoop heibio'r cownter cyn i wynt y coffi a'r brechdanau wedi'u tostio gyrraedd ei ffroenau, wath doedd e ddim wedi cael math o frecwast. Ond roedd popeth a wnâi Snoop yn cael ei wneud ar frys. Unwaith iddo gwnnu yn y bore – un peth nad oedd e erioed wedi gwneud gydag unrhyw frys – roedd e'n becyn o egni nerfus drwy'r dydd. Ni allai eistedd yn llonydd, byddai'i goesau'n sboncio drwy'r amser. Siaradai yn glou. Symudai yn glou. Fel petai'n gwningen a'r cadno neu'r helgwn ar ei ôl. Prinder oriau oedd ei gadno bob dydd a'r heddlu oedd ei helgwn weithiau. Ni allai fyw o fewn cyllid yr arian a gâi gan y llywodraeth, felly fe ychwanegai at hynny drwy bob ystryw bosib. Fe werthai unrhyw eitem oedd yn eiddo cyfreithiol iddo. Am bris doedd e ddim uwchlaw gwneud ffafrau bach i hen ddynion budr y dre a chwiliai am y math yna o wasanaeth. Ac er nad oedd e'n licio meddwl am ei hunan fel lleidr – fyddai fe ddim, fel rheol, yn torri mewn i gartrefi i ddwyn pethau – pe gwelai rywbeth nad oedd yn cael ei warchod yn iawn fe deimlai Snoop taw ei hawl ef, os nad ei ddyletswydd, oedd ei fachu. Bag siopa wedi'i adael ar y llawr wrth i'r car gael ei agor, ffôn symudol wedi'i adael ar y ford yn y caffe wrth i rywun bicio i'r cownter am un deisen fach arall, pwrs neu waled yn cael ei adael am eiliad wrth i'r perchennog fynd i edrych am rywbeth ar y silffoedd cyn talu – on'd oedd hi'n gymwynas gymdeithasol iddo ddysgu'r bobl hyn i gymeryd mwy o ofal?

A neithiwr ar ei ffordd adre o'r tafarn, pan welodd ef a Den y *parasol* yna dros wal gardd y tŷ, on'd oedden nhw'n gorfod ei gymryd? Wedi'r cyfan pwy sy'n gadael *parasol* mawr lliwgar fel'na yn yr ardd dros nos gan ei arddangos i bob un yn y fro, cystal â dweud, 'Dewch i mewn, cymerwch hwn, os gwelwch yn dda.' Pwy ond twpsyn? Roedd hi'n ddau o'r gloch yn y bore ac mor ddistaw â chathod a dyma nhw dros y wal mewn chwinciad. Roedden nhw'n rhy brofiadol i fentro agor y glwyd – mae clwydi yn gwichian. Ac yna unwaith roedden nhw dros y wal, yng ngolau'r lloer yn ogystal â'r *parasol* roedd yna ford fechan a phedair cadair bren yn cydweddu â hi! Tipyn o gamp oedd mysgu'r *parasol* oedd yn dod yn ddwy ran ac roedd y gwaelod oedd yn ei gadw i'r llawr yn drwm, ond roedd y celfi yn plygu yn rhwydd ac yn gyfleus. Aeth Den dros y wal gyntaf a phasiodd Snoop y darnau drosti iddo ef, fesul un. Ac wedyn, bant â nhw mor glou ag y gallen nhw. Roedd polyn y *parasol* yn lletchwith i'w gario a'r darnau i gyd gyda'i gilydd yn drwm ond roedd y perygl o gael eu dal yn peri i adrenalin hydreiddio'u cyrff. Mor gyffrous oedd jobyn bach fel hyn! Heb ei gynllunio ymlaen llaw ac yn ddigymhelliad. Jyst digwydd gweld y cyfle a'i fachu. Yr ias o ddringo dros y wal a'r wefr o weithio yn y cysgodion mor ddistaw â llygod bach. A'r ddihangfa wedyn.

Storiwyd y *parasol* a'r polyn yn stafell Snoop a'r celfi yn stafell Den. Nawr roedd Snoop yn y dre. Roedd e'n siŵr o gael tipyn am bethau mor dda a newydd. Hanner cant, trigain efallai. Beth oedd e'n mynd i'w wneud â'r arian wedyn?

Daethai nifer o bobl i mewn i siop Dorian Grey y bore hwnnw. Gwerthwyd siwmper wlân oen pur, het, dau gap – roedd capiau yn boblogaidd bob amser, gwerthent yn dda bob adeg o'r flwyddyn – sawl tei, ac wrth gwrs, sanau. Sanau oedd yn cadw'r siop i fynd. Ac is-ddillad, trôns. Roedd trôns a sanau nawr yn bethau mor lliwgar ac yn y siop hon roedd yma arlwy ohonynt ac arnynt batrymau a straeniai'r dychymyg i'r eithaf; adar o bob math, gwyddau, eryr, hwyaid yn hedfan mewn rhesi trefnus, gwylanod ac – un o hoff batrymau Adrian ei hun – adar y si bach bach, a physgod, blodau, hipos, a deinosoriaid (poblogaidd iawn, yn enwedig ymhlith bechgyn bach), heb sôn am bethau mwy haniaethol: diemwntiau, hecsagonau, sêr, cylchoedd, cymylau – a'r rhain i gyd mewn lliwiau ac amrywiadau dirifedi.

Bu Adrian yn gweithio yma ers dwy flynedd. Jobyn dros dro oedd hi i fod. Wedi iddo gwblhau ei radd mewn theatr, ffilm a theledu derbyniodd y swydd hon a danfonodd ei lun gorau a'i CV at bob cwmni teledu, pob theatr, pob cyfarwyddwr a chynhyrchydd yn y wlad a dros y môr ac eistedd yn ôl gan aros am y galwadau o Lundain, o Hollywood, o Awstralia efallai. Roedd e'n siŵr y câi rywfaint o waith yng Nghymru yn y Gymraeg. Roedd e'n meddwl y deuai'r ymatebion yn afalans. Hyd yn hyn ni ddaeth yr un alwad. Dim un.

Ond roedd yn dal i fod yn obeithiol. Wrth iddo blygu siwmperi, roedd rhai darpar-gwsmeriaid wedi'u treio heb eu prynu, a'u dodi yn ôl yn daclus yn eu lle ar y silffoedd, meddyliai Adrian am y rôl delfrydol y dymunai'i gael. Rhan mewn comedi sefyllfa Americanaidd am ryw gylch o ffrindiau, pedwar neu chwech ohonyn nhw fel rheol. Nid rhan fel un o'r prif gymeriadau a gâi ef ar y dechrau, eithr fe fyddai'n un o'r cymeriadau ymylol. Ef fyddai'r *sidekick* doniol o Loegr. Fe fyddai llawer o jôcs ar gorn ei acen, yn naturiol. Ar y dechrau ni fyddai'n ymddangos ar y sioe ond yn achlysurol, ond bob yn dipyn, wrth i'w gymeriad dyfu mewn poblogrwydd fe gâi fwy o sylw, mwy o linellau, mwy o olygfeydd. Yna, erbyn y trydydd neu'r pedwerydd tymor (ac yntau wedi ennill dau *Emmy*) fe fyddai'i gymeriad yn ymuno â rhengoedd blaen sêr y ddrama. Fe âi'r comedi hwn ymlaen wedyn i'w ddegfed ac o bosib ei unfed gyfres ar ddeg erbyn pa bryd y byddai rhai o'r actorion wedi blino ac yn dymuno mynd ymlaen i wneud ffilmiau a phrosiectau eraill (ni châi'r un ohonynt fawr o lwyddiant). Ond fe gâi ei gymeriad ef ei sioe *spin off* ei hun. Efe wedyn fyddai'r brif seren ac fe âi'r rhaglen hon eto ymlaen am wyth neu naw tymor. Dau neu dri *Emmy* arall iddo ef. Ar ôl hynny fe gâi actio, cyfarwyddo a chynhyrchu yn ôl ei ddymuniad.

Yn y cyfamser roedd e'n gorfod cadw siwmperi a throwsusau a sgidiau, hetiau, teis a sanau'r siop hon yn gymen a bod yn serchus wrth bob cwsmer.

Druan â'r cwsmeriaid nad oeddent yn ymwybodol ei fod yn egin-seren. Ymhen blynyddoedd i ddod fe fydden nhw'n ymffrostio i'w ffrindiau – 'Chi'n gweld y bachgen 'na yn y comedi 'na, wel fe brynais i becyn o sanau mewn siop lle roedd e'n arfer gweithio. 'Co, ma fe'n seren nawr.' Ond fe wyddai Adrian ym mêr ei esgyrn ei fod yn seren yn barod, dim ond mater o amser oedd hi cyn i eraill weld hynny.

Ymhen ychydig dros hanner awr fe biciai draw dros y

ffordd i Coffi Anan i gael ei frechdanau a'i gaffîn. Ond dyma gwsmer.

'Dwi moyn prynu het. Allwch chi fesur 'y mhen i, plis?'

Heddiw, am ryw reswm, cyrhaeddodd y fainc wrth gloc y dref yng nghanol y dref ychydig yn gynt nag arfer, gan ei fod yn anelu at fod yno am hanner awr wedi un ar ddeg yn brydlon, fel petai'r amseriad o dyngedfennol bwys a bod ganddo ryw arwyddocâd dirfodol. Mewn gwirionedd nid yr amser oedd yn bwysig ond y weithred. Roedd yn rhan o gyfres o ddefodau cyffredin ond angenrheidiol oedd yn ffurfio patrwm a impiodd ar ei ddyddiau, yr hyn roedd ef yn ei alw yn Grefft Bywyd Beunyddiol. Wrth lwc doedd neb yno o'i flaen neu fe fyddai hynny wedi taflu pob peth arall allan o drefn. Crefft Bywyd Beunyddiol oedd yr hyn oedd yn rhoi cyfeiriad a chymhelliad i ddyddiau dyn a dderbyniodd ymddeoliad cyflawn wedi pum mlynedd a deugain o waith fel darlithydd ac fel athro yn y brifysgol yn y dref hon, yn yr adran ddiwinyddol – a ddiddymwyd ddeng mlynedd wedi'i ymddeoliad ohoni – a bellach roedd bron i ddeng mlynedd ar hugain ers yr ymddeoliad hwnnw. Ond wnaeth e ddim llaesu dwylo, fuodd e ddim yn segur, dysgodd a datblygodd Grefft Bywyd Beunyddiol. Roedd yn dibynnu ar amser cwnnu rheolaidd (chwech y bore yn ei achos ef), ac roedd yn bwysig cadw'r un arferion boreol. Roedd rhai yn dechrau gydag arferion corfforol, ond iddo ef y meddwl oedd yn cael blaenoriaeth. Wedi ymolchi a siafo a thwtio'r locsyn âi at ei ddesg, cyn brecwast, a darllen am hanner awr; rhywbeth dwfn, anodd, er mwyn ymestyn yr ymennydd yn barod am y dydd. Cyfyngai'i ddarlleniadau cynnar hyn i'r clasuron. Ddoe darllenodd Y Bardd a'r Brawd Llwyd, Dafydd ap Gwilym, heddiw darn o Bedair Cainc y Mabinogi, rhan o Franwen, a bod yn fanwl. Yn y gwreiddiol, wrth gwrs, nid rhyw ddiweddariad na chyfieithiad Saesneg bondigrybwyll. Diwinydd oedd e wrth ei alwedigaeth ond y Gymraeg a'i llenyddiaeth oedd ei wir ddiddordeb. Coffi wedyn – coffi go iawn, nid fel yn y caffis, yn hufen ac yn llaeth ac yn siwgr i gyd – ffa wedi malu a'u dodi mewn pot, a'i yfed yn boeth ac yn ddu. Darllenai am hanner awr arall, y papur. Tro yn yr ardd gan wneud unrhyw jobsys bach oedd eu hangen, torri pennau'r rhosod. Yn ôl i'r tŷ a gwisgo'i got oedd yn dod ag ef at y fainc hon. Eisteddai yno am ryw hanner awr bob dydd, dan y cloc. Edrychai lawr y Stryd Fawr oedd yn ymestyn yn syth o'i flaen gan weld y ceir a'r bobl, pob un â'i bwrpas. Ond gwelai hefyd ddelweddau oedd yn cael eu taflunio dros yr olygfa hon oedd yn cynrychioli'i fywyd hir. Yn y pellter, lle roedd y ffordd yn diflannu dros y twyn, roedd heddiw a ddoe nad oedd yn golygu fawr ddim iddo; ychydig yn nes gwelai ddyddiau cynnar yr ymddeoliad ac yntau'n dal yn gydnerth a heini; yn nes eto gwelai ei waith yn y brifysgol ac yntau'n bennaeth adran â chadair ganddo, cyfnod o lwyddiant a chyfrifoldeb; ychydig nes eto, efe oedd y darlithydd ifanc a gŵr newydd briodi, y plant yn fach, cyfnod o weithgarwch mawr a hwyl a gofid; yna, wrth i'r ffordd gyrraedd y dre, dyna fe fel myfyriwr yn llawn gobaith a delfrydau; yn nes eto, yn y dre, y bachgen ysgol diwyd a chydwybodol, direidus hefyd; ac yna, wrth ei draed, ei blentyndod yng nghefn gwlad Cymru, mor glir â'r fainc yr eisteddai arni. Ystyriodd y sefyllfa, ac yna gofynnodd,

'Beth yw'r cam nesa?'

Pan adawodd Philip yr optegydd ar ôl ei brawf llygaid blynyddol roedd e'n dal i boeni am yr hyn a ddigwyddodd pan welodd Orig Owen. Gwelsai ef mor glir â'r dydd ac roedd yn siŵr fod Orig wedi'i weld yntau. Oni bai fod ei lygaid mor ddiffygiol fel nad oedd e wedi'i nabod ni allai Philip feddwl am esgus. On'd oedd y ddau yn nabod ei gilydd yn ddigon da fel y gallen nhw gyfnewid cyfarchiad bach? Byddai 'bore da', 'shwmae' wedi gwneud y tro, doedd e ddim eisiau symud i mewn i'w gartre. Gwir, doedden nhw ddim wedi gweld ei gilydd ers tro, blwyddyn neu ddwy o bosib, doedd e ddim yn cadw cofnodion – ond onid dyna fwy o reswm dros gydnabod ei gilydd? Roedd yntau Philip yn barod gyda'i *repertoire* cymhŵedd ystrydebol – 'Shwmae Orig 'chan, yr hen benbwl/ yr hen bolyn/ yr hen goes/ law/ yr hen grwtyn/ yr hen gerdyn/ yr hen dderyn/ gadno/ sgwarnog/ yr hen lwmpyn/ yr hen golsyn/ yr hen ge'nder/ yr hen d'wysog/ yr hen ffrind'. Rhywbeth fel'na. Ond doedd dim angen yr un. Roedd e wedi edrych arno, wedi dal ei lygad hyd yn oed, ac roedd yntau, Orig, wedi edrych i ffwrdd. Jocan disgwyl mewn hen gylchgrawn *National Geographic* wnaeth e!

Wel twll dy din di, Orig Owen, myn jiain i. Stwffia di. Rhyngot ti a dy *National Geographic*. Cymer dy hen gylchgrawn, rhowlia fe lan yn dynn a sticia fe i mewn i dwll dy ben ôl a chwyth dy drwyn.

Ond pam oedd Orig wedi'i anwybyddu fe, dyna beth oedd yn drysu Philip wrth iddo groesi'r ffordd i brynu papur yn y

Spar. Oedd e wedi'i dramgwyddo fe rywsut yn y gorffennol? Os oedd e wedi gwneud hynny fe wnaethai yn anfwriadol a heb yn wybod. Ond ni allai Philip feddwl am ddim a allai fod wedi'i frifo na sarhau'r boi. Doedden nhw ddim yn gweld ei gilydd mor aml â hynny fel y câi gyfle i ddweud na gwneud fawr ddim ma's o le. Neu ynteu a oedd Mr Orig Owen am ryw reswm dan ryw argraff ei fod e'n rhy dda, yn rhy bwysig i siarad â hen ffrindiau? Wedi mynd yn sydyn yn sut-y'ch-chi ac yn la-di-da a meddwl ei hun?

Wedi dweud hynny bu rhywbeth od ynghylch Orig Owen erioed. Peth anodd ei ddiffinio. Rhyw oerni, rhyw hydbreichrwydd. Doedd e byth wedi priodi. Hen lanc oedd e. Term hen ffasiwn oedd yn dal i'w siwtio fe. Oedd e'n hoyw? Doedd neb yn gwybod. Eitha posib nad oedd ganddo fath o fywyd rhywiol. Erbyn meddwl am y peth, prin oedd ei ffrindiau. Ni allai Philip enwi neb y gallai ddweud 'Dyna gyfaill mynwesol Orig, ti wastad yn gweld ef neu hi gyda'r hen Orig 'na, byti Orig yw hwn'na, mae Orig a hon'na yn hen lawiau, wastad gyda'i gilydd.' Neb. Dim rhyfedd chwaith os oedd tuedd gydag ef i droi'i drwyn ar rai oedd yn ei nabod ers blynydde. Ni wyddai Philip pam oedd e'n poeni sut cymaint amdano, pam oedd wedi hala'r holl amser hyn yn troi'r peth yn ei feddwl. Wedi'r cyfan doedd 'da fe gynnig i'r dyn.

Na, newidiodd ei agwedd yn llwyr. Roedd diwrnod cyfan newydd a'i holl bosibiliadau yn sefyll o'i flaen.

Wrth basio'r cloc gwelodd yr hen Athro Elis yn eistedd ar y fainc. Roedd e bron yn gant oed, medden nhw, ond yn dal i fod yn rhyfeddol o drwsiadus a sionc.

'Bore da,' meddai Philip wrtho, 'shw mae'r 'wyl?'

Bob tro roedd y ddwy hen fenyw yn siarad â nhw roedden nhw'n defnyddio rhyw lais arbennig. Ar ei lefel ei hun deallai Harri hynny. Roedd yna rai pethau roedd ef yn eu deall yn iawn a phethau eraill doedd e ddim yn eu deall o gwbl. Roedd e'n deall bod y menywod hyn yn dymuno bod yn neis wrtho ef ac wrth Miley a Justin a'u bod nhw, am ryw reswm, eisiau ei ennill trwy deg. Dyna pam roedden nhw'n siarad fel'na ac yn gwenu fel'na. Ceisio ei berswadio i'w licio oedden nhw. Doedd Miley a Justin ddim yn deall hynny, rhy ifanc oedden nhw. Roedden nhw'n ddigon parod i wenu 'nôl a mynd atyn nhw. Wel, Justin aeth atyn nhw, ni allai Miley symud o'i phram. Baban oedd hi. Ond chwarddodd Miley pan gwatodd un hen fenyw ei hwyneb y tu ôl i'w dwylo a'u tynnu i ffwrdd yn sydyn – Pi-po! Roedd hi'n meddwl bod hynny yn ddoniol iawn. Chwarddodd nes bod ei hwyneb bach yn goch. Ond roedd Harri yn gallu clywed y newid yn lleisiau'r hen fenywod ac yn eu hystumiau ac ar eu hwynebau wrth iddyn nhw droi at ei fam-gu i siarad. Roedd yna ffordd i siarad â phlentyn a ffordd i siarad ag oedolyn. Yn y fan a'r lle gwnaeth Harri addewid yn ei feddwl y byddai'n cofio bod yn blentyn am weddill ei oes, hyd yn oed pan fyddai mor hen â'r ddwy fenyw 'ma, ac na fyddai'n siarad fel'na nac yn gwenu fel'na nac yn gwneud symudiadau fel'na wrth siarad â phlentyn.

Eisteddodd Harri yn dawel. Justin a'r baban oedd yn cael yr holl sylw. Yfodd ei bop. Gwrandawodd ar Patricia – doedd e byth wedi'i galw hi'n fam-gu. Clywsai rai o'r pethau roedd hi'n eu dweud wrth y ddwy fenyw o'r blaen ac felly roedd e'n gallu dilyn y rhan fwyaf o'r sgwrs yn rhwydd. Gwyddai yn iawn taw mam ei fam oedd Patricia ac nace ei frawd a'i chwaer oedd y ddau arall. Yn sydyn cafodd bwl o hiraeth am ei fam. Pam roedd hi'n gorfod gweithio o hyd? Teimlai'r dagrau'n codi i'w lwnc. Ond yfodd fwy o'r pop pinc ac fe basiodd y pwl wrth iddo edrych ar y ddwy fenyw. Gan eu bod yn edrych ar y baban a Justin ac yn gwrando ar Patricia câi gyfle i'w hastudio. Roedd y ddwy yn dew ond roedden nhw'n b'yta teisennau. Felly, mwy na thebyg, bydden nhw'n mynd yn dewach. Roedd eu gwalltiau yn wyn ac roedden nhw, ill dwy, yn gwisgo sbectol. Edrychai un, oedd ychydig yn dalach ac yn deneuach na'r llall, yn debyg i aderyn, ei thrwyn fel pig a chroen ei gwddwg yn hongian fel llenni. Roedd y llall yn dew iawn a'i gên fel pelen gron o dan ei gwefusau bach pinc, yng nghanol dau rolyn o gnawd gwyn. Bob tro y siaradai fe sbonciai'r belen honno dan ei cheg. Roedd ganddi ychydig o fwstas, ac roedd briwsion o'r deisen wedi glynu wrth y blewiach. Roedd fframiau sbectol yr un â thrwyn fel pig yn dywyll a'r corneli yn bigog. Rhoddai'r fframiau hyn wedd greulon i'w hwyneb. Efallai taw gwrach oedd hi.

Yna, yn sydyn, fe deimlai Harri yn flin ac yn anghyfforddus. Roedd e wedi cael digon ar yr hen gaffe 'ma. Roedd e wedi cwpla ei bop ac roedd Patricia a'r ddau arall wedi cwpla b'yta hefyd. Dim ond eistedd a siarad â'r menywod oedd hi ac roedd Justin a Miley yn amlwg wrth eu bodd gyda'r ddwy, yn barod i wenu ac i chwerthin bob tro y tynnai'r hen fenywod wynebau. Eisteddodd Harri yn dawel am dipyn eto hyd nes na allai ddal dim mwy.

'Patricia? Patricia?'

Wrth iddo droi'r gornel i mewn i'r Stryd Fawr oedodd Eamon i adennill ei wynt cyn atgyfnerthu ar gyfer y twyn. Ni sylwai'r rhan fwyaf o bobl fod twyn i fyny'r Stryd Fawr, cyn lleied o oleddf oedd iddo. Ond i Eamon roedd pob cam yn gostus ac roedd e'n gorfod talu drwy ymdrech a phoen. Cerddasai o'i gartref ar ymyl y dre drwy'r parc bach, mater o lathenni a gymerai munudau i rywun digon heini, ond gwaith tri chwarter awr i Eamon yn barod ac roedd e'n gweld y ffordd i swyddfa'r post yn bell o hyd a'r Stryd Fawr yn Wyddfa. Ers y ddamwain a adawsai'i gorff yn jig-so – y darnau bellach wedi'u clymu ynghyd gan rwydwaith o biniau a byllt a phwythau cymhleth – roedd Eamon wedi dod yn ymwybodol o bob tro, pob pant, pob trothwy a stepyn a lle roedd y llawr yn gogwyddo ar i fyny a lle roedd e'n tueddu ar i lawr. Roedd pob tro i'r dre, felly, er mor agos oedd hi, yn gofyn am neilltuo tipyn o amser, bore cyfan neu brynhawn. Roedd symud corff wedi cymryd lle gwaith amser llawn. Ond roedd Eamon yn benderfynol o wella a dod yn iach unwaith yn rhagor. Cymerai hynny fisoedd, blynyddoedd efallai. Yn y cyfamser symudai fel malwoden. Cydymdeimlai â'r rhai hen. Yn bump ar hugain oed, roedd yntau yn un ohonyn nhw. Ond dim ond am y tro. Roedd ei holl fryd ar wella.

Cymerodd gam arall. Roedd e'n gorfod canolbwyntio yn llwyr ar y dasg o roi un droed o flaen y llall. Ac wrth wneud hynny aeth sgrech anhraethol o boen drwy ei gorff i gyd gan daro rhai llecynnau yn waeth na'i gilydd, hynny yw, lle roedd y byllt a'r asiadau. Ac arhosai'r boen yn y rhannau rheiny am dipyn ar ôl pasio drwy'r rhannau gwell. Hyn oedd ymateb ei gorff, hyd yn oed ar ôl cymryd sawl dogn o dabledi lladd poen y bore hwnnw. Ni allai ddychmygu sut y teimlai heb y cyffuriau i'w liniaru.

Oedodd eto. Ac aeth ei feddwl yn ôl i'r parc lle gwelsai rhyw hanner awr yn ôl, yn y pellter, blant bach yn chwarae. Llynedd ac yntau yn holliach, yn gyrru fan o le i le, yn delifro pecynnau i lefydd ar hyd y wlad, ni fyddai Eamon wedi cymryd fawr o sylw o blant yn chwarae. Ond y bore hwnnw roedd ei gorff anafiedig wedi'i orfodi i sefyll a meddwl. A daethai syniad ofnadwy iddo a dyma arswyd y syniad hwnnw yn dod yn ôl iddo eto yn gliriach fyth yno yn y Stryd Fawr. Roedd y plant bach yna, bob un ohonyn nhw, rhai yn hwyr, rhai yn hwyrach, i gyd yn mynd i farw. Roedd yr oedolion oedd yn eu gwarchod, eu mamau a'u teidiau a'u chwiorydd, hwythau i gyd yn mynd i farw. Ac roedd yr un peth yn wir am bob un yn y Stryd Fawr. Yn y parc meddyliodd Eamon am yr adar yn yr awyr ac yn y coed ac am y gwiwerod niferus, am yr hwyaid ar y llyn ac am y pysgod dan y dŵr; roedden nhw'n mynd i farw hefyd. Edrychodd ar y coed ac er bod rhai o'r rheiny yn hŷn nag unrhyw berson, (y coed derw, er enghraifft yn ganrifoedd oed efallai), rhaid i'r rheina farw hefyd yn eu tro. Yn wir, roedd pob peth byw yn mynd i farw. Cafodd ei daro gan feidroldeb popeth. Ac ymhen amser fe fyddai'r garreg galetaf a'r bryniau a'r mynyddoedd a'r ddaear ei hun yn ddim. Yn y parc roedd y meddyliau hyn wedi'i ddychryn i'w galon, ond yma, yn y Stryd Fawr roedd e'n gweld y datguddiad hwn mewn ffordd newydd. Doedd dim eisiau galaru ar ôl teidiau a chwiorydd a mamau a gladdwyd, gan ein bod ni i gyd o'r un ansawdd yn barod. Fyddai fe ddim wedi cael meddyliau fel hyn oni bai am ei ddamwain.

Aeth ymlaen eto gan gymryd nifer o gamau. Gallai weld y fenyw yn eistedd ar y llawr gyda'i chwibanogl yn canu alawon cyfarwydd. Roedd Eamon yn siŵr o roi darn dwy bunt yn ei chwdyn wedi iddo ei chyrraedd.

Ond roedd y ddamwain wedi effeithio ar ei gof yn ogystal â'i gorff. Pam oedd e'n mynd i swyddfa'r post?

Doedd Leo ddim yn *barista*. Yn Coffi Anan câi weithio wrth y cownter pan fyddai'r staff eraill yn brysur neu yn cael hoe, ond ei brif ddyletswyddau oedd clirio'r bordydd a mynd â bwyd a diodydd at y cwsmeriaid. Dim ond dau ddiwrnod yr wythnos y gweithiai yma. Câi hefyd, o bryd i'w gilydd, oriau ar y Sadwrn pan fyddai'r caffe'n brin o staff. Roedd gan y *baristas* yn eu gwahanol raddfeydd duedd i edrych lawr eu trwynau arno. Dim ond gweinydd oedd ef, gwas bach, fel petai. Ond doedd Leo ddim eisiau bod yn *barista* ta beth. Myfyriwr oedd e. Gwaith dros dro oedd hyn, yn help i dalu'i ffordd wrth iddo weithio at ei radd go iawn. Gradd yn y gyfraith.

Wrth iddo dynnu clwtyn gwlyb dros y bordydd a'u sychu pwy o'r holl gwsmeriaid o'i gwmpas a dybiai fod yma ŵr uchelgeisiol iawn? Ei freuddwydion gogyfer ei ddyfodol oedd yn ei gadw i fynd. Gallai'r jobyn yma fod yn ddigon ych-a-fi weithiau wedi'r cyfan. Gadawai'r cwsmeriaid fwyd ar ei hanner ar eu platiau heb sôn am bethau ffiaidd eraill. Doedd rhai ohonynt fawr uwch na moch. Wedi dweud hynny roedd Leo yn ddiolchgar i'r rhai a adawai gildwrn, yn enwedig pan fai'n un sylweddol. Daethai yn arbenigwr ar ddyfalu pa rai oedd yn debygol o fod yn hael a pha rai fyddai'n gybyddlyd. Y fenyw hon gyda thri o blant chwareus, châi ddim ceiniog gan honna. Roedd hi'n dlawd. Prin y gallai hi fwydo'r plant. Y ddwy hen wraig gyfagos. Câi rywbeth ganddyn nhw, siŵr o fod. Ond dim byd mawr. Wedi dweud hynny, rhaid aros i weld, pensiynwyr oedden nhw a gallai rheina fod yn grintachlyd weithiau neu'n hynod o garedig bryd arall. Y ferch anorecsig yn y gornel a ymosododd ar y teisennau, wel roedd hi'n dipyn o ddirgelwch. Efallai y bydd hi'n ei gosbi ef yn ddirprwyol, fel petai, am roi'r teisennau iddi, neu ynteu, efallai y teimlai fel gwneud yn iawn am ei phechod drwy fod yn hael tuag ato fe. Rhyw fath o iawndal fyddai'i childwrn, felly. Teimlai'n ffyddiog y câi rywbeth gwerth ei gael gan yr hen ddyn gyda'r het fawr a'r holl ddillad pinc, wath roedd Leo wedi gwenu'n ddireidus arno ac wedi canmol ei wisg. Gwyddai Leo sut i chwarae ei gardiau gyda hen ddynion hoyw. Roedd y ferch lan lofft, ar y llaw arall, yn achos anobeithiol. Roedd rhywbeth piwis yn ei chylch. A'r ddau yna yn y gornel, efe yn siarad yn ddi-baid a hithau fel petai'n magu bom. Dim gobaith eto. A'r person yna yn gweithio'n ddiwyd ar yr arffedell? Siawns na châi rywbeth bach yno.

Mân newid. Arian gleision. Doedd yr arian cildwrn yma ddim yn mynd i wneud fawr o wahaniaeth yn y pen draw. Roedd Leo am fod yn gyfreithiwr llwyddiannus iawn. Cyflwynai filiau mawr i'w gleientiaid am gael hanner awr o'i amser gwerthfawr. Fyddai Leo ddim yn gorfod poeni wedyn am gildyrnau. Gallai weld yn awr ei glamp o dŷ, deuddeg stafell wely, pwll nofio, garej anferth, dau neu dri char yn y dreif, parc o ardd o'i amgylch, clwydi mawr trydan. Gwraig o Sweden, blonden gyda bronnau mawr, enw amhosibl i'w ynganu. Tri o blant, Leo jr, Marina (ar ôl ei fam ef), Thor (ar ôl ei thad hi – enw Swedaidd). Roedd y pethau hyn mor sylweddol iddo yn ei feddwl fel pe baen nhw yno yn barod yn aros amdano, dim ond iddo ymestyn ei law i'w cyffwrdd. Roedd ei lwyddiant yn anochel.

Y ffigur od yma sydd newydd ddod mewn, siŵr o fod yn hael. Dyn ynteu fenyw?

Wrth iddi eistedd yn y caffe edrychodd Alwen ar ei wats. Oedd, roedd yn gweithio eto, chwarae teg i'r ferch ddymunol honno yn y siop glociau. Roedd y lle hwn dan ei sang, gwaeth nag arfer, a bu'n rhaid i Alwen aros yn y ciw yn hir cyn cael archebu te a brechdanau. Ond doedd hynny ddim yn mennu dim arni nawr. Flynyddau 'nôl byddai hi wedi colli amynedd yn llwyr o fewn deng munud. Roedd popeth wedi newid. Wedi newid er gwell. Gwnaethai'r penderfyniad iawn. Penderfyniad gorau'i bywyd. Pe bai rhywun ifanc yn gofyn iddi am air i gall dywedai Alwen, 'Paid gohirio pethau, paid aros i weithredu dy ddymuniadau.' Dyna'r cyfan. Yr unig beth roedd Alwen yn ei ddifaru oedd iddi fod mor hwyrfrydig ac mor araf, iddi gogordroi cyhyd. Roedd hi wedi meddwl amdano a'i ystyried a'i ailystyried, a newid ei meddwl, ac ailfeddwl amdano eto ac wedi myfyrio uwch ei ben, ac wedi synfyfyrio a dwysfyfyrio a hel ei thraed ac wedi mynd ar hyd y caeau a'r perthi. Mewn geiriau eraill cymerasai hyn nid blynyddoedd ond degawdau. Gwastraff amser.

Edrychodd ar ei wats eto. Ble oedd ei bwyd? Ond unwaith eto doedd hi ddim yn dechrau cynhyrfu a gwylltio fel y byddai hi wedi gwneud flynyddoedd yn ôl – a'r llynedd, hyd yn oed, cyn i'r newid di-droi-nôl gael ei wneud, o'r diwedd. Roedd pob peth amdani yn wahanol. Roedd hi'n berson newydd nawr. Roedd hi'n dawelach ei meddwl, roedd hi'n dawelach ei hysbryd, ac yn fwy cyfforddus ynddi hi ei hun. Yn wir, yn ddiweddar, fe deimlai taw hyhi oedd y person mwya call, mwya cytbwys a'r mwya cymedrol o bawb roedd hi yn eu nabod. On'd oedd pob un o'i ffrindiau a'i chydnabod yn dioddef gan ryw iselder neu bryder neu ofn? Teimlent yn annigonol ac yn israddol. Gofidient am eu pwysau. Roedd pob priodas y gwyddai amdani yn y fantol drwy'r amser. Ac roedd gan bob un ei gyffuriau, ei ffyn baglau emosiynol – sigarennau, bwyd, rhyw, ac, wrth gwrs, cyffuriau go iawn o bob math, cyfreithlon ac anghyfreithlon. Ac weithiau teimlai Alwen fod pob oedolyn dan haul yn dibynnu ar alcohol.

Daeth y bachgen gyda'i the a'i brechdan a rhoi winc eofn iddi. Crwtyn drwg!

Teimlai Alwen ei bod hi wedi dod drwy'r stormydd hyn i gyd. Roedd hi wedi cyrraedd y lan. Gwenodd wrth flasu'r te gan fod syniad doniol wedi dechrau ymffurfio yn ei meddwl – gallai hi sgrifennu un o'r llyfrau 'na sy'n cynghori pobl ar sut i ddelio gyda phroblemau bywyd. On'd oedd hi wedi profi pob problem? Problemau ariannol, problemau priodasol, alcohol, cyffuriau. On'd oedd hi wedi ceisio gwneud amdani'i hun sawl gwaith? On'd oedd hi wedi dod trwy'r cyfan mewn un darn? Wel, oedd, roedd un darn wedi'i golli. Serch hynny roedd hi'n fwy cyflawn nag erioed. Pwy gwell i lunio llyfr *self-help*?

Ar hyd ei hoes roedd Alwen wedi poeni a gofidio am bob peth. Cofiai'i mam yn dweud, 'Alwyn, crwtyn gofidus wyt ti, paid â phoeni cymaint, 'tyn, bydd popeth yn iawn, cei di weld.' Ac roedd hi'n iawn, on'd oedd hi? Ond nid oedd ei geiriau wedi'i hargyhoeddi ar y pryd yn ei phlentyndod. Trueni na allai'r plentyn hwnnw, na'r dyn ifanc, na'r dyn canol oed, oedd wedi poeni cymaint, weld i'r dyfodol a'i gweld hi yno nawr, yn fodlon, yn hunanfeddiannol, yn ddiddig. A fydden nhw wedi'i hadnabod? Daliodd Alwen ei hadlewyrchiad yn ffenest y siop.

Roedd hi'n hoffi'i hadlewyrchiad. A fyddai ei mam ei hun wedi'i hadnabod hi? Ac erbyn meddwl, on'd oedd hi'n debyg nawr i'w mam?

– Mae'n neis cael tipyn o hoe rhwng y siopau, on'd yw hi? meddai Carys, co mae 'na ford fechan 'na.

– Watsia fwrw'r gliniadur 'na, meddai Rhian wrth symud tuag at y ford, mae gormod o fagiau 'da ni.

– Mae digon o le 'ma.

Eisteddodd y ddwy, eu llwyth wedi'i rannu'n becynnau o gwmpas eu traed ac o dan y ford.

– Maen nhw'n dod â'r coffi aton ni, ydyn nhw? gofynnodd Carys.

– 'Tyn, 'tyn, meddai Rhian, mae'n cymryd 'med bach o amser. Wi'n dwlu ar y ffrog 'na brynest ti.

– Ie, dwi'n eitha hapus 'fyd. Wi'n lico gwyrdd, cofia, gwyrdd yw'n hoff liw. Yn enwedig y gwyrdd golau golau 'ma.

– A dwi'n eitha hapus 'da'r sgidiau 'fyd.

– Dylet ti fod – cymerest ti ddigon o amser i'w dewis nhw! Chwarddodd y ddwy.

– Sawl pâr dreies i gwed? Chwarddodd y ddwy eto.

– Pymtheg? Ucian!

Roedd y ddwy yn dal i giglan pan gyrhaeddodd y bachgen gyda'r paneidiau a'u bisgedi. Bore fel'na oedd hi. Bore o chwerthin am ben y pethau lleia, mynd o siop i siop, prynu pethau ar chwiw, bod yn fyrbwyll. Aduniad dwy hen gyfeilles, ffrindiau coleg ar eu sbri misol. Ond anghyfrifoldeb cymesur oedd hwn, ffolineb dan reolaeth. Roedden nhw'n ganol oed nawr ac roedd ganddyn nhw swyddi. Athrawesau oedden nhw ill dwy, gwŷr, plant a'r hyn oedd yn ffrwyno unrhyw wir afradlonedd, morgeisi sylweddol.

Pwysodd Carys ymlaen dros y ford yn gynllwyngar.

– Wi ddim yn licio meddwl faint wi wedi 'ala'r bore 'ma.

– Paid â phoeni. Ti ddim wedi bod yn rhy wyllt. Ti'n dechrau f'atgoffa i am dad fy ffrind, Moira.

– Tad dy ffrind? Dwi ddim yn nabod Moira heb sôn am ei thad.

– Dwi wedi dod i'w nabod hi drwy'r dosbarth Pilates. Ond nace hi sy'n bwysig yn y stori hon, er taw ei stori hi yw hi. Hi wedodd y cyfan, stori'i bywyd yw hi ond ei thad yw'r prif gymeriad.

Cymerodd Rhian sip o'r coffi a thamaid o'r bisgedyn. Gwnaeth Carys yr un peth fel adlewyrchiad ohoni mewn drych, y naill yn paratoi i ddweud ei stori a'r llall yn setlo i wrando.

– A gweud y gwir, dwi ddim yn nabod Moira yn dda iawn, ond wrth siarad â hi mae'r stori hon wedi dod ma's bob yn damaid. Mae'n ddigon dymunol ond braidd yn swil. Saesnes yw hi er bod ei thad o dras Wyddelig a'i mam yn Albanes. Cafodd ei magu ym Manceinion, ond nace mewn un lle, roedd y teulu yn gorfod symud yn aml, byth yn cael sefyll mewn un man. Roedd hi'n un o dair chwaer. Roedd y cartref cyntaf y gallai gofio yn dŷ braf, gardd sylweddol, digon o le i chwarae, cymdogion dymunol ac roedd hi'n hapus yn yr ysgol. Ond doedd y cof cynnar yma a'i ddarlun dedwydd ddim i bara'n hir. Roedd hi'n dal yn fach iawn pan aeth y teulu drwy chwalfa a gorfod tynnu'i gwreiddiau a symud i dŷ llai, llawer llai crand. Lle roedd ganddi hi a'i chwiorydd bob o stafell o'r blaen, yn y lle newydd hwn roedd hi'n gorfod rhannu stafell gydag un ohonyn nhw. Roedd gan ei thad gar o'r blaen ond roedd e wedi'i werthu cyn symud i'r tŷ hwn. Doedd dim gardd yn y ffrynt a dim ond tamaid bach yn y cefn. Ond doedd y cartref newydd ddim yn annioddefol. Eglurodd ei thad bod y tŷ arall yn rhy gostus a'u bod yn gorfod arbed arian, bod pethau'n dynn arnyn nhw. Roedd Moira yn gorfod newid ysgol a doedd y plant yno ddim yn ddymunol iawn. Doedd ei mam ddim yn licio'r cymdogion.

– Oedd y tad wedi colli'i waith neu be?

Bob tro y gwelent ei gilydd ar y Stryd Fawr, peth a ddigwyddai bob dydd o'r wythnos, bron, siaradai Enfys a Gwawr am y tywydd. Roedd y ddwy yn nabod ei gilydd ers blynyddoedd lawer, ers eu dyddiau cynnar yn yr ysgol fach, yn wir, serch hynny, prin iawn oedd y tir cyffredin rhyngddyn nhw nawr. Nid oedd y naill na'r llall wedi symud yn bell o'r dre hon ac eto rhyfedd fel y gall yr un cefndir arbennig – cefn gwlad Cymru'r wythdegau – gynhyrchu dwy mor annhebyg i'w gilydd. Yn eu harddegau daeth y ddwy i fforch yn llwybr eu bywydau, aeth y naill un ffordd a'r llall ffordd arall. Hynny yw, yn ddeallusol, yn ddiwylliannol ac yn gymdeithasol, nid yn ddaearyddol.

Cymerodd Enfys y ffordd y gellid tybio fod Tynged wedi'i mapio ar gyfer merch o'i chefndir hi – yn wir, efallai fod disgwyl i'r ddwy ohonynt gymryd y ffordd hon – ac mewn noson a drefnwyd gan y Clwb Ffermwyr Ifanc yn neuadd y pentre cyfarfu ag un o'r ffermwyr ifanc a'i briodi. Roedd ganddi dri o blant a chlamp o dŷ ffarm a'i char mawr ei hun. Gwnaeth Gwawr yn o lew yn yr ysgol ac enillodd ddigon o lefelau A i fynd i'r brifysgol leol, doedd hi ddim eisiau mynd yn bell. Myfyrwraig gydwybodol a disgybledig oedd hi. Er nad oedd yn ddisglair sicrhaodd diwydrwydd radd ddosbarth cyntaf mewn hanes iddi. Aeth ymlaen i wneud ymarfer dysgu ac yna ymlaen eto i gael MA ac yn y diwedd, drwy ddyfal doncio fe lwyddodd i gwblhau doethuriaeth. Roedd hyn yn dipyn o gamp i ferch heb fawr o wir ddawn academaidd a nemor ddim brwdfrydedd parthed ei phwnc (diddymu'r mynachlogydd). Nid Tynged a fapiodd y ffordd hon ar ei chyfer ond hyhi ei hun. Drwy weithio yn galed fe lwyddodd Gwawr i gael yr hyn roedd hi wedi crefu amdano ers ei phlentyndod – annibyniaeth; ei chartref ei hun yn y dref, tŷ braf, gardd ddeche a char.

– O leia mae'n sych heddi, meddai Enfys.

– Ydy, mae'n cadw'n sych, cytunodd Gwawr gyda'r hyn oedd yn gwbl amlwg ac nad oedd unrhyw amheuaeth yn ei gylch.

– Maen nhw'n gaddo glaw 'fory, meddai Enfys (gan feddwl, oes rhaid i lesbiad wisgo fel lesbiad? Pam eu bod nhw'n gorfod bod mor ystrydebol o lesbiaidd?)

– Mae hi fod i droi'n 'lyb heno, on'd yw hi? meddai Gwawr (gan feddwl, ffermwraig ddosbarth canol, man a man iddi sgrifennu hynny mewn lipstic coch ar draws ei thalcen).

– Glywest ti'r glaw y diwrnod o'r blaen? Roedd hi'n arllwys. Roedd Eifion yn gorfod mynd ma's am bump a chael ei wlychu at ei groen, ond oedd hi wedi clirio erbyn saith. (Oes partner 'da hi nawr, tybed? Sut mae rhywun yn gofyn i lesbiad a oes ganddi gariad neu beidio?)

– Naddo, chlywes i mo'r glaw 'na yn y bore ond o'n i'n gweld bod yr ardd yn wlyb. (Wel dwi ddim yn mynd i holi am dy ŵr nac am dy blant.)

– Gobeithio cawn ni rywbeth gwell erbyn y penwythnos, ontefe? (Does 'da fi iot o ddiddordeb ynghylch dy waith yn y brifysgol. Ti'n meddwl dy fod ti mor bwysig nawr, on'd wyt ti, ond dwi'n dy gofio di, Gwawr Davies, yn pigo dy drwyn yn yr ysgol.)

– Wel, mae hi fod i wella. ('Co'r holl fodrwyau a bangls!)

– Fel hyn mae'r hydref, ontefe. Ond mae'n ffein nawr.

Hwyl fawr. (Ble yn y byd mae'n mynd i gael gwneud ei gwallt fel'na?)

    – Ydy, mae'n sych am y tro, ta ta! (Beth yn y byd mae hi'n ei wisgo?)

Rhoddai'r broses o lanhau foddhad mawr iddo. Câi rhywbeth dwfn yn ei gyfansoddiad ei fodloni gan y weithred o drawsnewid rhywbeth brwnt yn lân ddilychwin. Ac am wneud ei waith gyda graen câi ganmoliaeth, ac, yn bwysicaf oll, ei dalu. A nawr dyma fe'n cyfuno'r hyfrydwch a deimlai o lanweithdra gyda gwasanaeth wrth drawsffurfio ffenestri tai a siopau'r dre. Roedd ganddo nifer o gytundebau i l'nau ffenestri busnesau'r ardal. Newydd ddechrau taenu'i gymysgedd arbennig a chyfrinachol ei hun dros ffenest ffrynt siop Dorian Grey oedd e. Wedi bron i ddeng mlynedd o brofiad ac arbrofi gyda phob math o sebon a siampŵ a hylif a hufen a pholish ac olew roedd Ed wedi dyfeisio'i rysáit unigryw ei hun, yr hyn na fyddai'n ei rannu gyda neb arall ond gyda'i feibion, efallai, pe dymunen nhw ddilyn ôl ei draed fel glanhawyr ffenestri. Yn gyntaf gwnâi yn siŵr bod y gwlybwr, oedd yn hufen o ran ei liw, yn gorchuddio'r cwarel i gyd fel nad oedd yr un twll ynddo a'i fod yn ymestyn i'r corneli ac i'r ymylon i gyd. Ac mor drwchus oedd y sylwedd yma fel na allai neb yn y siop weld trwyddo am y tro ac na allai neb yn y stryd weld i mewn. Yna, fe gymerai'i fwced, llawn dŵr glân poeth, a pheth fel llafn rwber, nid annhebyg i rasal ar bolyn a allai gael ei ymestyn a'i gwtogi yn ôl y galw ac fe ddechreuai eillio'r ffenestr gan gychwyn yn y gornel uchaf chwith. Tynnai'r llafn i lawr gan greu un gwys glir unionsyth heb gwafr na sigl, mor gywir a hyderus oedd llaw Ed. Yna, gan ddefnyddio'r ymyl clir cyntaf fel canllaw, fe ffurfiai'r ail gwys ac yn y blaen nes bod y ffenestr yn glir unwaith yn rhagor.

Mor swynol a dymunol oedd y dasg hon fel y syrthiai Ed i rywbeth tebyg i berlewyg. Ymadawai'i feddwl â'i gorff yno yn y stryd. Roedd effaith y gwaith arno yn debyg iawn i ymateb rhai i gerddoriaeth neu gyffuriau. Nid ei fod yn teimlo'i hunan yn hedfan nac yn nofio neu'i fod mewn gardd baradwysaidd lawn lliwiau annaearol na dim byd fel'na, eithr fe deimlai ryw lonyddwch hyfryd ynghyd ag ychydig o wefr pleserus yn hydreiddio'i gorff. Anghofiai, am y tro, ei holl broblemau. Roedd ei wraig wedi ymadael ag ef ac roedd e'n gorfod magu'i feibion, Jack pump oed a Rhys, naw, ar ei ben ei hun. Roedd e'n gorfod talu'r morgais ar ei gyflog ansylweddol ei hun – heb gyfraniad ei wraig bellach – ac roedd Jack yn gweld eisiau'i fam ac yn cael hunllefau ac yn gwlychu'r gwely bob nos, ac roedd Rhys yn dechrau troi'n fewnblyg ac yn gecrus, arddegyn cyn ei amser. Ond, gyda'r gwaith hwn fe fyddai'n gallu talu'r ffordd, roedd e'n siŵr o hynny. Roedd bob amser alw am lanhawyr ffenestri da. A'r peth gorau am y gwaith hwn oedd ei fod yn hunangyflogedig. Nid oedd rhaid iddo ateb i neb arall. A gallai ffitio'r oriau o gwmpas anghenion y plant. Ac ar ben hynny, anaml y codai'r rheidrwydd i siarad â neb. Dyna ei brif broblem a'i brif ofid. Dioddefai gyda'r atal dweud mwya rhwystrol. Deliai â'i gwsmeriaid gyda chyn lleied o eiriau ag a oedd yn dderbyniol. Nid oedd mân siarad cymdeithasol yn bosibl.

Ond yno nawr, ynglŷn â'i waith, llifai'r meddyliau mewn geiriau a delweddau a chymalau dilyffethair drwy'i ben.

Cwblhaodd y ffenestr. Safodd yn ôl i archwilio'i waith. Oedd yna un smotyn?

Pwy ddyfeisiodd y dwfe? Roedd hi'n cario'r un roedd hi newydd ei brynu yn Matalan. Pecyn ysgafn ond braidd yn lletchwith, trwsgl, anodd ei gario. Newidiai ei llwyth o'i llaw chwith i'r llaw dde bob pum munud. Nid ei bod yn anhapus gyda'r pwrcas diweddaraf yma, i'r gwrthwyneb, roedd hi'n edrych ymlaen at fynd adre a'i ddadbacio yn syth. Bu'n edrych ymlaen ers wythnosau os nad misoedd, yn wir, at gael dwfe newydd sbon. Ond peth anhylaw oedd e. Yr anhawster pennaf oedd bod Marian yn fenyw fer, pum troedfedd a thamaid – roedd y tamaid yn bwysig (hwn oedd ei jôc). Yn ei llaw hi cyrhaeddai'r pecyn y llawr ac roedd hi'n gorfod ei ddal e lan rhag ei lusgo ar y pafin. Achosai hyn boen yn ei braich, yn ei phenelin. Cysurai'i hunan nad oedd hi'n bell o'i chartre ac na fyddai hi'n gorfod cario'r pecyn am yn hir iawn.

Fyddai hi ddim wedi gorfod prynu dwfe newydd (un gwrth-alergedd) oni bai am Jaco. Dr Jaco y byddai hi'n ei alw, weithiau, wath taw cwrcyn oedd e a gawsai'i sbaddu, ei ddoctora felly, flynydde 'nôl – felly, roedd Dr Jaco yn jôc arall, nid ei bod yn un o'r rheiny sy'n llawn jôcs. Wedi'r symud ohonyn nhw, Jaco a hithau, i'w cartref newydd dechreuodd y doctor wlychu ar ei gwely. Doedd hi ddim wedi sylwi ar y dechrau, mor llechwraidd oedd Dr Jaco wrth gyflawni'r anfadwaith.

Yna nytysws i'r gwynt! Ych-a-pach! O'dd y dwfe'n 'lyb socan! Ond ti ddim yn gallu rhoi cosfa i geth am neud drygioni a'i ffusto hi fel ti'n gallu neud 'da ci. 'Na gyd own i'n gallu neud o'dd tawlu'r hen ddwfe a phyrnu un newydd. Ond 'na fe, wi'n dwlu ar yr 'en geth 'na, sdim ots be mae'n neud. Ond own i'n siometig gyta fe.

Roedd Jaco wedi gwneud hyn o'r blaen a chawsai Marian ei gyrru i ffwrdd gan dri landlord hyd yn hyn ar gorn troseddau drewllyd, dyfrllyd y cwrcyn. A doedd Marian ddim eisiau symud eto. Roedd hi'n anodd cael stafelloedd os oedd cath gyda chi. 'Dim anifeiliaid anwes' oedd unig reol gyffredinol y rhan fwyaf o landlordiaid. Ond âi Marian i unman heb Jaco.

Mae fe'n geth lên fel rheol, ond iddo g'el setlo. Y symud sy'n ei ypseto fe ac weti'ny mae fe'n pisho ym mhobman. Ond naiff e setlo'r tro 'yn wi'n siŵr.

Ond doedd hi ddim yn siŵr ac roedd yr ansicrwydd yn ei chnoi oddi fewn. Ar adegau fel hyn roedd hi'n gweld eisiau'i gŵr a fu farw bron i ugain mlynedd yn ôl, a'i phlant, ond roedd ei merch yn byw yn Canada a'i mab yn byw yn Seland Newydd. Rhy bell iddi gael mynd i ymweld â nhw a'u plant, a rhy bell iddyn nhw ddod i'w gweld hi. Rhwng Alison a Nigel roedd ganddi saith o wyrion ac wyresau. Carai Marian gwrdd â nhw ryw ddydd. Yn y cyfamser ei hunig deulu oedd Jaco ac roedd hi'n dwlu arno. Roedd e wedi bod yn ffyddlon iddi nawr ers gwell na deuddeng mlynedd a doedd Marian ddim yn barod i fradychu'r ffyddlondeb hwn'na am ei fod yn cael damwain fach ambell waith am fod mwstwr yn y stafell drws nesa yn ei ddychryn neu am ei fod yn clywed rhyw helynt yn y stafell lan lofft.

Roedd hi'n mynd i swyddfa'r post i ôl ei phensiwn. Dododd bum ceiniog yng nghwdyn y fenyw gyda'r chwibanogl. Doedd y gynffon ddim yn hir, diolch i'r drefn.

Roedd ganddi gyfrinach i ddodi dwfe mewn cas. Gwthiai

gornel i gornel bella'r cas, cornel chwith i'r gornel chwith, ac yna ei phegio. Gwnâi'r un peth gyda'r gornel arall. Yna un siglad ac roedd y cas yn dod dros y dwfe mewn un symudiad.

Wi ddim yn cofio fel dysgais i'r tric 'na, meddyliai Marian. Wi'n dwlu cwtsio dan y dwfe 'da Jaco. Lot gwell 'na'r hen flancedi oedd Mam yn gorfod cywiro ar y gwely bob dydd flynydde 'nôl. Peth gwych yw dwfe. Ys gwn i pwy ddyfeisiodd y dwfe?

Diwedd y gân yw'r geiniog. A dyna'r broblem, doedd ganddi ddim digon o geiniogau fel y gallai hi gyflawni'i holl ddymuniadau. Neu, yn hytrach gan fod yn llai barddol a ffigurol ac yn blaenach yn gyffredinol, dim digon o bunnoedd. Roedd rhai yn dod mewn bob mis, diolch yn bennaf i'w gŵr, Duncan. Doedd hi ddim yn dlawd o bell ffordd, ond roedd arni angen mwy o bunnoedd i dalu am gonserfatori newydd, un mawr ysblennydd a fyddai'n estyniad ar y tŷ. Ac roedd rhaid iddi gael soffa newydd ac ni wnâi un o IKEA mo'r tro. Roedd safonau Judith yn uchel iawn. Peth arall oedd yn pwyso arni oedd bod y wal o amgylch yr ardd mewn cyflwr truenus, peryglus yn wir, ac roedd dybryd angen nid ei hatgyweirio ond ei hadnewyddu'n llwyr a chodi un newydd o'i chwr. Ond roedd hi wedi trafod hyn gyda Duncan. Maentumiai ef y costiai hyn filoedd ar filoedd. Crybwyllodd rifau o ugeiniau o filoedd, o'i ben a'i bastwn. Doedd Judith ddim yn credu'u bod yn gywir. Dymunai hi gael wal wedi'i dylunio gan bensaer. Na, meddai ef, roedd rhaid cael y gwaith tsiepa posibl, a doedd dim rheidrwydd cael hynny eto, byddai'r wal fel roedd hi yn para am rai blynyddoedd i ddod.

Tsiep, roedd yn gas ganddi'r gair a hyd yn oed y cysyniad. Doedd wal dsiep ddim yn dderbyniol iddi hi, na conserfatori tsiep, na soffa tsiep, na dim byd tsiep neu eilradd neu hen ffasiwn. Doedd dim lle i ddim â golwg ddiraen arno yn ei bywyd.

Agorodd Judith ei chylchgrawn newydd a'i ledaenau o'i blaen ar y ford yn y caffe. Dyna'r bywyd a chwenychai, yn gadeiriau ac yn llenni ac yn siandeliers ac yn bowlenni ac yn glustogau i gyd. Sawrai'r lliwiau a'r patrymau a'r deunyddiau gyda'i llygaid gan eu crefu. Bywyd perffaith oedd ei dyhead. Roedd y pethau gorau yn gostus ac ni allai ddioddef y syniad o gael pethau eraill am eu bod yn rhatach neu'n ail-law. Rhaid cael popeth newydd sbon ac o'r radd flaenaf. Gwyddai Duncan hyn pan briododd hi. Dim iws iddo jibo nawr a gofyn iddi fod yn fwy darbodus a 'thynhau'i gwregys', fel petai.

Roedd yna flas dyfrllyd a gwan i'r coffi. Mewn amrantiad teimlai Judith yn drist. Nid oedd modd iddi wadu'r ffaith eu bod nhw'n wynebu anawsterau ariannol mawr. Roedd Duncan yn gweithio (rheolwr mewn archfarchnad) ac roedd hithau'n gweithio (roedd ganddi siop drin gwallt) ond roedden nhw'n dal i fod mewn dyled a doedd y dyledion ddim yn lleihau. Byddai'r soffa yn gorfod aros, a'r conserfatori, ac, yn anorfod, y wal. Yn y cyfamser teimlai Judith ei bod hi'n wraig anffodus iawn. Tybed nad oedd modd iddi gael gwared ar Duncan yn sydyn a chanfod gŵr cyfoethocach?

Buon nhw'n ddigon caredig wrtho yn y llys, a bod yn deg â nhw. Er mawr ryddhad iddo dim ond dirwy a rhybudd gafodd e. Roedd wedi erfyn cosb waeth. Wedi'r cyfan, roedd e wedi cyfaddef i'r ffaith fod ei gar wedi cyffwrdd â'r fenyw wrth iddi groesi'r ffordd. Doedd e ddim wedi'i hanafu hi o gwbl, ond doedd hynny ddim wedi cael ei gymryd i ystyriaeth. Beth oedd wedi cyfrif o'i blaid oedd ei hanes hir dilychwin fel gyrrwr. Yn wir, hwn oedd ei unig gamwedd a'i gysylltiad cyntaf ac unigryw â'r gyfraith. Er mawr gywilydd iddo. Ac yntau'n saith deg a dwy. Nes i hyn ddigwydd roedd Dai mor falch o'i record ddifrycheulyd. Roedd e wedi gyrru ar hyd ei oes. Gyrru oedd ei fywoliaeth. Dysgodd ar y tractorau yn blentyn; gweithiai ei dad ar fferm. A chyn gynted ag y gallai safodd ei brawf a phasio dan ganu'r tro cyntaf. Gyrru fan i un o siopau'r dre oedd ei jobyn cyntaf. Gweithiodd fel gyrrwr mewn sawl lle wedyn, cyn iddo fynd i weithio ar y bysys, a dyna lle buodd am bron i ddeng mlynedd ar hugain. Yna sefydlodd ei fusnes bach ei hun gyda'i wasanaeth tacsi 'Dai's Taxis'. Penderfynodd ymddeol ddwy flynedd yn ôl wedi cyrraedd oed yr addewid. Yn fuan wedyn cafodd drawiad bach ar ei galon. Cymerwyd hynny i ystyriaeth hefyd gan y llys.

Cymaint oedd cywilydd Dai fel nad oedd e wedi crybwyll y digwyddiad wrth ei wraig na'i fab na'i ferch. Roedd e wedi pryderu'n fawr wedyn y byddai'n gorfod mynd i garchar am sbel. Byddai hynny wedi bod yn amhosibl i'w guddio. Oedd, roedd e wedi gorymateb, braidd. Ond doedd dim rhaid dweud dim am ddirwy, dim ond ei thalu. Cawsai beth trafferth i adael y tŷ y bore hwnnw heb brocio amheuon Gwyneth. Roedd e wedi gorfod gwisgo'i siwt orau. Peth na wnâi'r dyddiau 'ma ond am briodasau ac angladdau. Roedd wedi llunio rhyw stori am orfod mynd i aduniad bach o hen ffrindiau o'r amser pan weithiai ar y bysys, rhai ohonyn nhw'n bobl barchus iawn, athrawon a chyfreithwyr yn eu plith. Ni fyddai'n hir, meddai. Cysurodd ei hun nad oedd wedi dweud anwiredd yn dechnegol. Digon posibl, tebygol, yn wir, bod rhai yn y llys y bore hwnnw wedi teithio ar y bysiau pan oedd efe yn eu gyrru, ac yn sicr roedd yna gyfreithwyr yn eu plith. Doedd e ddim wedi bod yn fanwl iawn. Gobeithiai na fyddai Gwyneth yn dechrau amau'i fod yn gweld menyw arall! Chwarddodd wrth feddwl am y peth. Ers iddo ymddeol doedd e byth yn gadael ochr Gwyneth. Wel, anaml. Y diwrnod y cafodd yr anhap aethai i'r dref ac yn ôl ei arfer parciodd ei gar yn un o'r strydoedd bach ar yr ochr, wath doedd Dai ddim yn fodlon talu am le mewn unrhyw faes parcio. Wrth ddod ma's, wedi cael neges, dyma'r fenyw 'ma yn cerdded yn syth o flaen y car a sgleintiodd ef yn ei herbyn, 'na gyd. Fel y dadleuodd ei gyfreithiwr, chafodd hi ddim niwed. Ond cafodd fraw ac roedd hi'n grac ac aeth ag ef o flaen ei well. Cymerodd yr holl beth wythnosau a bu'n pryderu'n arw o flaen y prawf ac roedd e'n nerfus iawn yn y llys. Ond roedd hynny drosodd nawr. Gadawodd y llys a cherdded i'r dref. Cawsai'i ysgwyd i seiliau ei fod. Roedd rhaid iddo nawr ddod ato'i hun, adennill ei gydbwysedd, fel petai. Dyma fe'n mynd mewn i'r caffe hwn. Lle llawn bywyd. Archebodd bot o de. Doedd e ddim yn gyfarwydd ag eistedd mewn caffe ar ei ben ei hun, heb y wraig. Beth oedd e'n ei wneud yno?

'Dydw i ddim yn hen nes 'mod i'n hen,' meddai Siân. Roedd y dawtoleg hon yn rhyw fath o ddihareb ganddi, yn arwyddair. Ei mantra personol hyd yn oed, a hithau bellach yn saith deg a phedair, roedd hi'n benderfynol o godi argae rhyngddi hi a henaint. Dywedodd hyn ar ei ffordd rhwng ei dosbarth peintio a'i dosbarth samba. Ac fe'i dywedodd wrth fenyw roedd hi wedi cwrdd â hi yn y dosbarth peintio a dros yr wythnosau diwetha roedd Siân wedi dod i'w nabod hi'n well ac wedi penderfynu'i bod yn ei licio hi. Vici oedd ei henw. A'r rheswm pam y cawsai Siân gyfle i ddatgan ei doethineb oedd bod Vici, druan ohoni, wedi awgrymu'i bod hi'n dechrau teimlo'n hen a hithau newydd ymddeol ac wedi derbyn ei cherdyn teithio.

'Hen!' meddai Siân, 'Dydw i ddim yn hen nes 'mod i'n hen.'

Yr hyn oedd yn bwysig iddi hi oedd ei bod hi'n cael rhannu'i hathroniaeth. Teimlai fod hyn yn ddyletswydd. Wedi'r cyfan, on'd oedd hi'n esiampl i bawb? Pan oedd hi'n gorfod mynd i'r ysbyty (anaml iawn) ni chredai'r doctoriaid na'r nyrsys ei bod hi yn ei saithdegau. 'Sut y'ch chi'n cadw mor ifanc a heini, Mrs Murray?' oedd y cwestiwn oedd yn cael ei ofyn yn fynych, ac nid yn yr ysbyty yn unig ond gan gymdogion, perthnasau a ffrindiau hefyd.

'Ti eisiau gwbod fy nghyfrinach?' gofynnodd, ond doedd hi ddim yn un i aros am ateb, roedd hi'n mynd i ddweud – doedd hi ddim yn gyfrinach, beth bynnag, dywedai'r un peth wrth bob un. 'Dwi ddim yn hen. Dwi'n gwrthod henaint. Mor syml â hynny. Dwi ddim yn ei dderbyn. Paid â gofyn i mi fynd i eistedd mewn cadair siglo yn y gornel. Dwi ddim yn hen nes 'mod i'n hen.'

Cymerodd Vici gipolwg llechwraidd arni wrth iddyn nhw gerdded ochr yn ochr lan y Stryd Fawr. Dywedai'r crychau o gwmpas ei llygaid a'i cheg a'i dwylo yn wahanol. Ond edmygai ysbryd y fenyw fach sionc hon. O dan pum troedfedd, efallai, ac mor denau â llathen. Roedd pob peth amdani yn egnïol ac yn… beth oedd y gair?… chwim! Fel petai rhyw rym yn ei gyrru. Roedd ei gwallt yn wyn fel y galchen ond pefriai ei llygaid glas ac roedd ei gruddiau yn binc gan iechyd da.

'Mae dau ddosbarth 'da fi 'fory hefyd. Crochenwaith yn y bore. Jiwdo yn y prynhawn.'

'Jiwdo!'

'Ie, dwi newydd gael fy ngwregys oren.'

Yn ei meddwl gwelodd Vici'r fenyw fach fregus hon yn hyrddio bechgyn mawr blewog a chyhyrog drwy'r awyr, yn eu swingio nhw uwch ei phen gwyn fel sachau gwlyb.

'A dwi'n cerdded i bob man,' aeth Siân yn ei blaen, ac yn wir, cerddai yn glou iawn, prin y gallai Vici gadw lan gyda hi.

'Cerdded, cerdded, cerdded,' meddai Siân, 'dwi'n dwlu cerdded. A chrochenwaith. A barddoniaeth. Cadw'r meddwl a'r corff yn heini. Dim gormod o'r naill ar draul y llall. Bydda i'n darllen cerdd newydd bob dydd ac yn ei dysgu ar fy nghof.'

Dywedodd Siân hyn gyda thinc o hunanfodlonrwydd a balchder. Bob yn dipyn teimlai Vici agendor o ddieithrwch yn agor rhyngddi hi a'r hen wraig. Synhwyrai Vici fod Siân yn ei barnu, yn ei phwyso ac yn ei mesur ac yn ei chael hi'n annigonol.

'Dyna'r gyfrinach,' (teimlai Vici fod ganddi ar y mwya o gyfrinachau a'i bod yn fwy na pharod i'w rhannu), 'rhaid ymarfer y corff a rhaid ymarfer y meddwl yn ogystal. Mae'n bwysig gweithio ar y cof bob dydd.' Oedodd eiliad i ddal ei gwynt. 'Ydw i wedi gweud wrthyt ti, dwi ddim yn hen nes 'mod i'n hen?'

Crwydrai Carl y Stryd Fawr nid ar ei draed yn gymaint ag â'i lygaid. Fel ffotograffydd rhoddai'r holl ffocws ar y gweladwy, yn naturiol. Roedd ef a'i gamera wedi ymdoddi'n un, ymgnawdoliad o gamera ydoedd bellach, wedi bron i ddeugain mlynedd o ddilyn ei alwedigaeth. Nid ei fod yn un o'r rheini sy'n mynd o gwmpas gan fframio golygfeydd mewn sgwâr rhwng ei fodiau. Doedd dim rhaid iddo wneud hynny. Synhwyrai'r llun, ei amgyffred a wnâi drwy ryw gynneddf gynhenid. Fe welai'r llun ac felly fe dynnai'r ffotograff. Nid oedd yn mynd ar hyd y lle a'i gamera yn ei law gan dynnu lluniau o bob peth yn ddiwahaniaeth ac wedyn yn chwynnu'r canlyniadau a dewis y rhai oedd gwerth cadw a difetha'r rhai nad oedd cystal. Na, rhaid bod yn ddethol iawn a defnyddio'r camera pan oedd dal golygfa neu wyneb arbennig neu liw yn hanfodol.

Peth amrywiol iawn oedd gwaith Carl. Talai'r lluniau priodasol a theuluol ei forgais anferth a deuai'r seremonïau graddio ag arian poced i mewn bob blwyddyn. Gwaith bara menyn hefyd oedd unrhyw lun y gallai'i werthu i'r papurau lleol ac weithiau i'r rhai cenedlaethol a'r cylchgronau. Ond doedd ganddo fawr o wir ddiddordeb yn y tasgau hyn a fyddai fe ddim yn eu gwneud oni bai eu bod yn talu biliau ac yn sicrhau bod ei blant yn cael dillad da, teganau a theclynnau yn ôl eu hangen a mynd i'r brifysgol yn eu tro. Teimlai weithiau ei fod yn bradychu'i ddawn drwy wneud pethau fel'na, ond yna cysurai'i hun ei fod yn llwyddo i wneud bywoliaeth fel ffotograffydd yn unig a doedd e ddim wedi gorfod cyfaddawdu drwy wneud gwaith dysgu neu unrhyw waith naw tan bump arall. Ond ei wir ddymuniad oedd bod yn artist o ffotograffydd fel ei arwyr, Ansell Adams, John Davies, Werner Hannappel, Axel Hütte. Nid bod tirluniau yn unig yn mynd â'i fryd. Breuddwydiai am gael tynnu ffotograff fel yr un yna gan Iwagō o'r *wildebeest* yn ffurfio rhaeadr ac yn gymylau yn carlamu dros glogwyn yn y serengeti. Campwaith o ffotograff. Delwedd fythgofiadwy. Creu peth fel'na oedd ei uchelgais. Doedd gyda fe gynnig i waith gwneuthuredig a fflash, yn ei dyb ef, fel lluniau Meisel, Helmut Newton neu Snowdon. Dim byd ffug. Pobl oedd ei brif ddiddordeb. Roedd e'n edmygydd mawr o waith Ernst Haas, Bill Brandt ac, wrth gwrs, Cartier-Bresson a Vivian Maier, yr olaf wedi'i ddarganfod ganddo ond yn ddiweddar. Pan oedd yn brin ei ysbrydoliaeth 'na gyd oedd rhaid iddo wneud oedd dod i'r Stryd Fawr gyffredin a dinod hon ac roedd e'n siŵr o ganfod digon o ddeunydd ym mhobman.

Heddiw, sylwodd ar yr hen ŵr yn cwnnu o'r fainc o flaen y cloc. Roedd e'n ei nabod ac yn gwybod ei fod yn gant oed. Roedd e'n nabod llawer o'r rhai yn y stryd, roedd eraill yn ddieithriaid. Y fenyw yn byscio o flaen swyddfa'r post, roedd e wedi tynnu llun honna sawl gwaith. Y ferch honno gyda'r gwallt hir a'r sgarffiau a'r gemwaith, fel ysbryd ar hyd y lle; rhaid iddo gael un ohoni hi rywbryd, ond roedd hi'n symud yn rhy rwydd heddiw.

Roedd y stryd yn brysur heb fod yn orlawn. Y symud parhaus, y croesi'r ffordd, y stopio o flaen ffenestri, y mynd mewn a'r dod ma's. Roedd hyn i gyd yn ddŵr i'w felin. O am gael llun tebyg i'r un yna gan Kertész o'r dyn yn cario pecyn mawr hirsgwar, wedi'i lapio, drwy'r stryd ym Meudon, y tai yn y cefndir, y trên yn pasio ar y bont, a'r holl ddirgelwch ynghylch cynnwys y pecyn. Yn cerdded o'i flaen nawr roedd dyn tywyll barfog ifanc a phecyn yn pwyso ar ei gefn. On'd oedd rhywfaint o ddirgelwch yn ei gylch? Beth am dynnu llun hwn?

Doedd Deirdre ddim yn gyfarwydd â llawer o alawon Cymreig er gwaetha'r holl flynyddoedd roedd hi wedi byw yn y dref hon ar arfordir y wlad. Ond roedd hi wedi dysgu un alaw, er mawr falchder iddi, a phob tro y chwaraeai hon câi brofi haelioni trigolion y lle. Ar lan y môr oedd yr alaw, er na olygai'i theitl na'r geiriau ddim iddi hi.

Bob hyn a hyn cymerai Deirdre gipolwg ar y pentwr yn ei chwdyn ar y llawr. Oedd, roedd e'n cynyddu. Roedd hud yr alaw yn dal i weithio. Roedd hynny ynddo'i hun yn ddigon i'w sbarduno i gario ymlaen am dipyn eto. Yr addewid o bryd o fwyd go iawn am unwaith. Tatws, darn o gig neu bysgod, pys, bara menyn, pot o de cryf. Roedd hi'n anodd chwibanu wrth i'r delweddau hyn dynnu dŵr i'w dannedd.

On'd oedd hi wedi ffoi rhag prinder bwyd a ffoi rhag creulondeb teulu, heb sôn am greulondeb offeiriaid a lleianod? Pe bai hi wedi aros yno byddai'r chwiorydd wedi'i dal hi, fel y cawsai'i ffrind gorau, Mairead, ei dal a'i chadw ganddyn nhw. Wiw i Deirdre fynd i'w gweld hi rhag ofn iddi gael ei chipio hefyd. Felly, dyna lle'r oedd hi pan adawodd Deirdre, yno'n golchi dillad drwy'r dydd ac yn cael gweld neb. Aeth poen fel gwaywffon drwy galon Deirdre. Teimlai euogrwydd am adael heb ddweud wrth ei ffrind. Teimlai euogrwydd hefyd am adael ei mam a'i chwiorydd bach gyda'i thad a'i brodyr. Teimlai'n euog am ddianc i Loegr ac am gysgu gyda bachgen heb ei briodi. A gadael hwnnw wedyn. A chysgu gydag un arall, ac eraill. Teimlai'n euog am fyw gyda dyn o'r enw Gerry am wyth mlynedd, heb ei briodi, am ei ddilyn i sawl lle, o Lundain i Fryste, o Fryste i Gasnewydd, i Gaerdydd, ac yna i'r dre hon. Lle cafodd ei gadael ganddo, o'r diwedd, dim ond ar ôl iddo wneud ei orau i'w thagu gyda'i ddwylo'i hun. Gwynt teg ar ei ôl. Twll din iddo. Hwnnw oedd y dyn olaf y byddai hi'n ei drystio.

Ar ôl iddi wneud y penderfyniad hwn'na daeth rhyw fesur o ryddid i'w bywyd. Roedd y dre hon yn fach ac fe ddysgodd sut i fyw heb gael ei chaethiwo na'i charcharu gan ddynion, gan bobl eraill, gan dai, stafelloedd, na biliau na chyfrifoldeb. Bob yn damaid, gobeithiai, fe ddeuai yn rhydd o'r ddiod oedd wedi melltithio'i holl fywyd. Cymerai hyn gadernid. Mater o ewyllys oedd hi. Bu'n gryf iawn yn ddiweddar. Diolch yn bennaf i Aisling. Aisling oedd ei ffrind gorau nawr. Er nad oedd hi wedi anghofio am Mairead. Beth oedd hanes honno, tybed? Byddai hithau yn ei phumdegau nawr wrth gwrs, pe bai hi'n byw. Oedd hi wedi goroesi'r golchdy, tybed? Oedd hi wedi dod ma's a chwrdd â dyn da ac wedi'i briodi a magu llond tŷ o blant? Gobeithio. Ond go brin. Roedd llawer o'r merched yn gwneud amdanyn eu hunain. Ac roedd y rhai oedd yn dod ma's wedi'u handwyo weddill eu hoes. Ac ambell un wedi'i chadw yno am flynyddoedd, degawdau hyd yn oed. Ond weithiau roedd hi'n amau'r atgofion hyn. Ai peth roedd hi'n ei gofio yn iawn oedd hyn, neu ynteu, ryw Iwerddon roedd hithau wedi'i dyfeisio a'i gorliwio dros y blynyddoedd?

Wrth iddo gerdded lawr y Stryd Fawr a nesáu at swyddfa'r post trewid hen glustiau'r Athro gan dôn hynod o gyfarwydd yn cael ei chwarae ar offeryn digon anghyfarwydd, chwibanogl dùn, gan gardotwraig a eisteddai ar y pafin yn ei chwrcwd a'i choesau wedi eu plygu o dan ei chorff blonegog. Safodd yr Athro yno o'i blaen hi a chau'i lygaid a gwrando. Er i ychydig o bendro ddod drosto ni chollodd ei gydbwysedd ond am fater o eiliadau cyn ei adennill a sefyll yno'n gefnsyth eto. Cymerodd rai darnau o arian gleision o'i boced a gadael iddyn nhw ddisgyn o'i hen law i'r cwdyn. Ac yna, unwaith yn rhagor, caeodd ei lygaid a gwrando, nid ar y Stryd Fawr oedd e mwyach ac nid henwr ar ddechrau'r unfed ganrif ar hugain mohono, eithr plentyn ar ddechrau'r ugeinfed ganrif yn clywed ei fam yn canu '…Ar lan y môr mae 'nghariad innau yn cysgu'r nos a chodi'r bore…'; ysgubwyd i ffwrdd yr holl flynyddoedd gan y chwibanu.

Roedd ei fam yn golchi rhywbeth yn y bosh, ei chefn ato, ac yntau'n chwarae ar lawr y gegin. Doedd dim teganau gydag ef, y llawr oedd ei degan. Adwaenai bob llechen a phob tolc a phant a'r rhaniadau rhwng pob carreg. Dyma'i diriogaeth. Roedd ei frodyr a'i chwiorydd hŷn i gyd rhywle arall, yn yr ysgol, efallai, neu'n gweithio fel ei dad. Y gegin oedd teyrnas ei ddychymyg; roedd y llawr yn bwll o ddŵr neu'n gae ac efe oedd y ffarmwr yn ei aredig. Chwaraeai fel'na ar y llawr yn ddiddig yn niogelwch ei gartref heb i unrhyw arlliw o'r tlodi a boenai'i rieni a'r plant hŷn amharu ar ei bleser. Ac yna, yn hwyr neu'n hwyrach, fe gollai ddiddordeb yn y llawr a throi'i sylw at ei fam wrth ei gwaith. Cropiai ati hi ar draws y llawr, gan na allai gerdded eto. Gafaelai yn ei sgert gyda'i ddwylo bychain a'i dringo, fel petai, nes ei fod yn sefyll yn ansicr ar ei draed ei hun. Roedd teimlad y brethyn a'r corff oddi tano yn llenwi'i holl synhwyrau â theimladau anhraethol – hyd yn oed pe gallai siarad ni allai fynegi fel yr oedd cyffwrdd â'r deunydd oedd yn arw ac yn feddal ar yr un pryd yn hydreiddio'i ymwybyddiaeth – y teimlad, yr aroglau twym a melys, blas y lliain, yn sur ac yn hallt ac yn felys eto. Mae'r sgert yn las ac mae blodau bach glas tywyll arni ond dim ond lliwiau a siapau yw'r rhain i'r crwtyn dileferydd. Ac wrth i'w fam symud ei choesau mae'n gallu clywed siffrwd y sgert yn erbyn ei chorff.

Yna, yn sydyn, mae hi'n troi ato. Sych ei dwylo a'i bysedd yn ei ffedog wen. Cwyd ef i'w breichiau. 'Dere 'ma'r hen bwlffyn bech! Be ti'n neud dan 'y nhred i fan'na, gwed?' Teimla'i breichiau cryf amdano yn ei gynnal eto. Diogelwch. Teimla'r cnawd meddal, y pant bach yn ei phenelin. Y ddafaden fach frown ar flaen ei braich. Mor gyfarwydd iddo ef â'i gorff bach newydd ei hun. Mae hi'n pwyso'i grudd yn erbyn ei rudd ef ac yn ailafael yn ei chân, '…môr mae'r rhosys cochion, ar lan y môr mae lilis…'

Mae'r chwibanu wedi stopio. Mae'r Athro yn agor ei lygaid ac yn gofyn,

'Pam 'nest ti stopio, Mam?'

Pêl-droed, ffwtbol, oedd unig ddiddordeb Gari. Ei hoff dîm? Manchester United. Dim amheuaeth. Ei hoff chwaraewr? Roedd hynny yn amrywio ac yn atebol i newidiadau yn yr amgylchiadau. Ond gallai Gari lunio rhestr hir ac wedyn rhestr fer o enwau chwaraewyr enwog o'r presennol a'r gorffennol. Roedd ei ystafell yn arddangosfa ac yn amgueddfa wedi'i chysegru i'r Biwtiffwl Gêm. Fel y dywedodd Brian Clough nid mater o fywyd a marwolaeth oedd pêl-droed i Gari, roedd hi'n bwysicach na hynny. Gorchuddiwyd waliau a hyd yn oed nenfwd ei stafell wely fechan gan luniau o bêl-droedwyr mwya'r byd a ffotograffau o olygfeydd gyda'r sêr hyn ar eu gorau yn taclo, yn sgorio, yn dathlu buddugoliaeth gan gofleidio a chusanu'i gilydd. Heb sôn am fflagiau, sgarffiau, bathodynnau a lliwiau'i hoff dimau, Manchester United yn bennaf, yn anochel, yn addurno pob twll a chornel. Hefyd roedd yna swfenîrs ar hyd y lle o bob gêm roedd e wedi bod iddo, catalogau, rhaglenni, tocynnau, rhai wedi'u fframio. Ac roedd ganddo ambell lofnod gwerthfawr iawn, rhain wedi'u fframio mewn aur, wedi'r cyfan trysorau oedden nhw. Beckham, Ronaldo, Zidane, Bale. Pan gyfarfu â Bale – mater o eiliadau oedd hi, ar ddiwedd gêm yng Nghaerdydd, ac yntau mewn torf o fechgyn eraill yn crefu am ei sgribl – ni allai siarad, glynodd ei dafod yn ei ben, yn llythrennol. Ond roedd e wedi cwrdd ag ef, on'd oedd e? Dyna'r dystiolaeth mewn ffrâm ysblennydd. Sgwigl o inc du ar gornel taflen. Roedd hyn yn ei gysylltu, fel petai, yn uniongyrchol ag un o'r Duwiau, un o'r anfarwolion.

Roedd hi'n anodd ar brydiau i Gari ymddihatru oddi wrth ei fydysawd pêl-droediol ond roedd rhaid iddo wneud hynny o dro i dro er mwyn adnewyddu'i gysylltiad â'r byd lle roedd ei fam a'i dad yn byw, a lle roedd yntau – fel roedd ei rieni yn gorfod ei atgoffa bob dydd, bron – yn byw. Roedd yna bethau eraill i gael ar wahân i bêl-droed, medden nhw, ac os oedd e'n mynd i ennill bywoliaeth a chymryd rhan mewn bywyd roedd rhaid iddo roi rhyw sylw i'r pethau eraill hyn. Nid oedd y ddadl hon wedi argyhoeddi Gari erioed. Beth oedd y pethau eraill hyn? Ei gyd-ddyn, medden nhw, pobl, gwaith, diwylliant, ei gymdeithas, ei fro, ei wlad, gwleidyddiaeth, athroniaeth. Ond pethau annelwig ac anniddorol oedd y rhestr o enghreifftiau o gymharu â chyffro a drama pêl-droed.

Roedd ei fam wedi danto gyda fe a'i dad wedi anobeithio. Roedd e'n grwtyn bach deallus a gwnaeth ddechrau da yn yr ysgol fach. Ond wedi iddo ddarganfod ffwtbol aeth pob peth arall lawr y twll. Roedd ei record mewn arholiadau yn alaethus. Wedi iddo adael yr ysgol, heb yr un cymhwyster, prin y gallai gael jobyn bach deche. A phan gâi un ni allai'i gadw yn hir. Cafodd y sac dro ar ôl tro am siarad am bêl-droed o hyd, am golli amser i edrych ar gemau, am golli diddordeb yn ei dasgau ar gorn pêl-droed.

'Siawns na elli di neud rwpeth i helpu cadw dy hunan,' meddai'i dad, 'ti'n ddigon o lwmpyn. Ti'n thyrti ffor bron yn thyrti ffeif, mae'n bryd i ti shiglo dy hunan 'chan.' A chyda hynny rhoes restr siopa iddo gan ddweud yn glir bod yn rhaid iddo gael popeth oedd arni gan fod ei fam yn glawd. A dyna pam roedd e'n sefyll nawr yn y dre yn y Stryd Fawr.

'Ble mae'r rhestr 'na?'

Yn y Cwpwrdd Cornel – siop ei thad â bod yn fanwl gywir – eisteddai Marian mewn cadair freichiau a ddyddiai yn ôl i ganol y bedwaredd ganrif ar bymtheg. Roedd y paent lliw aur ar ei breichiau a'i choesau yn dyllau ac yn rhwydwaith o graciau mân i gyd ac roedd y deunydd melfaréd a'i gorchuddiai yn dreuliedig ac yn garpiog mewn sawl man. Eto i gyd, roedd rywbeth crand yn ei chylch ac roedd hi'n hawdd gweld y gadair hon yn ei dydd mewn tŷ mawr braf, carped trwchus a phatrwm Persiaidd ar y llawr, potiau mawr ag aspidistras ynddyn nhw, a menywod mewn dillad Fictoraidd llydan a lletchwith yn cael te ac yn rhannu clecs. Ond yma, yn siop ei thad, eisteddai Marian yn gwneud dim. Doedd hi ddim yn gwneud busnes fel lladd nadroedd, i'r gwrthwyneb. Doedd hi ddim wedi gweld yr un cwsmer y bore hwnnw. Tybed a fyddai'n bosibl iddi fod yn y siop drwy'r dydd heb werthu dim? Nid bod hynny yn record; roedd hi wedi digwydd sawl gwaith yn ddiweddar. Serch hynny, roedd ffydd ei thad yn y siop yn gadarn. 'Dad,' meddai Marian y diwrnod o'r blaen, 'Sneb yn moyn pyrnu antîcs mewn siop dyddiau 'ma. Maen nhw'n cael popeth ar eBay ac Amazon ac Etsy, ar-lein. Dyna'r unig ffordd o werthu pethach nawr os y'ch chi moyn cadw busnes antîcs o hyd.' Ond roedd ei thad yn dal i gredu mewn detholiad o eitemau o safon wedi'u dewis gan lygad arbenigwr ac wedi'u harddangos yn chwaethus. Roedd apêl i gael mewn siop. Gweld pethau, cyffwrdd â phethau. Eu dal nhw yn eich dwylo. 'Allwch chi ddim eista mewn cadair ar eBay,' meddai'i thad. Roedd e'n iawn hyd at ryw bwynt. Ond doedd y gadair hon ddim yn gyfforddus, ond mewn llun ar-lein fyddai neb callach am hynny ac edrychai'r gadair yn ysblennydd, ond i'r lluniau gael eu tynnu'n iawn ac i'r gadair gael ei chyflwyno ar ei gorau, yn y golau mwyaf ffafriol. Ond, maentumiai'i thad, pan fo rhywun yn mynd mewn i siop fel ei un ef, bod 'na bethau yn aros yno i gael eu darganfod, pethau annisgwyl, pethau na allech chi mo'u rhagweld wrth agor y drws. 'Pethau,' meddai'i thad, 'nad yw'r cwsmer yn gwbod ei fod e'n moyn nhw nes iddo eu gweld nhw yno.'

Agorodd y drws a chanodd y gloch hen ffasiwn fetalaidd y tu ôl iddo (rhan o'r atmosffer yn ôl ei thad, fel camu drwy borth i'r gorffennol; camgymeriad yn ei barn hi, ni allai neb ddod mewn heb dynnu sylw a theimlo'n hunanymwybodol). Daeth dwy hen fenyw i mewn dan glebran yn Gymraeg. Roedden nhw'n llenwi'r siop gyda'u persawr a'u breichiau a'u pen-olau llydan. Roedd y ddwy yn cael gwaith cerdded a symud ac yn gorfod gwyro'u cyrff o'r naill ochr i'r llall bob cam. Ofnai Marian eu bod nhw'n mynd i fwrw yn erbyn rhywbeth a'i dorri, dim ots. Bydden nhw'n gorfod talu amdano wedyn. Nid eu bod yn fwriadol letchwith ond bod y siop yn gul gan gelfi a silffoedd a phentwr ar bentwr o hen bethau bach gwerthfawr (yn ôl ei thad).

''Co hwn,' meddai'r un dal wrth y llall, 'roedd un o'r rhain 'da Mam.'

Roedd hi wedi codi rhywbeth o un o'r silffoedd a'i dangos i'r llall. Gan fod eu cefnau tuag ati ni allai Marian weld goddrych y sylw. Plygodd y ddwy eu pennau yn nes at ei gilydd wrth graffu ar destun eu diddordeb, nes bod eu gwalltiau gwyn yn ymdoddi'n gwmwl mawr. Ond dodwyd y peth yn ôl ar y silff a throes y ddwy i edrych ar bethau eraill gan wahanu ychydig.

''Co!' meddai un yn sydyn fel petai wedi'i tharo, 'un o'r hen ffotograffau 'na!'

Roedd y ddwy yn syllu ar ffotograff mawr du a gwyn mewn ffrâm wedi'i goreuro. Llun o ddyn ifanc mwstasiog a dynnwyd mewn stiwdio ar ddechrau'r ugeinfed ganrif. Troes yr un fer at y llall a gofyn,

'Pwy oedd e, ys gwn i?'

Roedd Erna yn mwynhau'i gwyliau. Doedd Martin ddim yn mwynhau'i wyliau. Yr un gwyliau oedden nhw. Gyda'i gilydd oedden nhw. Roedd Erna yn licio'r stryd hon yn fawr iawn. Er bod enw crand arni, ac er taw hon oedd stryd fwya'r dre roedd hi'n stryd fach o'i chymharu â strydoedd mawr a chanolfannau masnachol prysur Birmingham. Roedd y stryd hon yn bert ac yn wledig i'w llygaid dinesig hi. Ond doedd Martin ddim yn licio'r stryd. Roedd hi'n rhy fach ac yn rhy gul. Roedd gan y bobl yma duedd i sefyll yn ddirybudd reit o'ch blaen chi i gael clonc, i edrych mewn ffenest siop, neu, am ddim rheswm yn y byd hyd y gallai ef weld. Mewn geiriau eraill roedd pob un yn symud yn rhy araf. Roedd yr holl dre fel petai'n perthyn i oes arall, i wlad arall. Roedd e wedi blino ar y lle yn barod. Pedwar diwrnod roedden nhw wedi bod yma. Mynegodd ei flinder wrth Erna ac awgrymodd hithau eu bod yn dod i mewn i'r caffi hwn, efallai y byddai coffi a brechdan yn eu hatgyfnerthu. Felly, dyna lle roedden nhw yn eistedd ochr yn ochr. Roedd Erna wrth ei bodd, roedd y coffi yn gryf ac yn hufennog a'r frechdan facwn yn flasus. Hoffai'r cwmni yma, plant yn siarad, menywod a hen ddynion yn clebran yn eu hiaith swynol od. Roedd yma deimlad cymunedol nad oedd i'w gael mewn dinas fawr. Ar y llaw arall teimlai Martin yn anghyfforddus ac ni ddymunai fod yno'n hir. Roedd ei goffi yn oer ac yn wan a doedd e ddim yn gwybod pam oedd e wedi gofyn am frechdan gaws wedi tostio, roedd hi'n sicr o fod yn siom, dim sylwedd ynddi, dim llawer o flas iddi, ond roedd yr enghraifft hon yn y caffi hwn yn waeth na'r cyffredin. Roedd y cadeiriau yn galed a doedd dim lle i ymestyn ei draed dan y ford na'i benelinoedd. Ac roedd y lle yn llawn joscins, rhai yn parablu yn yr iaith hyll 'na, dim ond am eu bod nhw – ef ac Erna – wedi meiddio dod mewn i'w caffi bach nhw ac eistedd yno. Yn reit sydyn, dyma nhw'n dechrau siarad yn yr iaith wirion yna fel na allen nhw mo'u deall. Roedd hi'n merwino'i glustiau hefyd. Doedd Martin ddim wedi'i argyhoeddi'i bod hi'n iaith go iawn o gwbl. Roedd yna ddigon o eiriau Saesneg yn gymysg â'r seiniau annealladwy. Dywedodd Martin wrth Erna cyn cynted â'i bod hi'n barod roedd yntau am fynd. Setlodd Erna yn ôl yn ei chadair a sawru'r coffi. Nid atebodd ei gŵr. Doedd hi ddim yn barod i adael eto. Roedd hi'n hapus yma. I beth yr aen nhw allan eto? Cwyno a wnâi eto. Fel'na oedd e'n mynd i fod heddi. Doedd dim modd ei blesio. Doedd dim gwên yn ei gorff. Wel, doedd hi ddim yn mynd i wneud dim ymdrech i'w ddyhuddo fe. Dysgodd o brofiad, unwaith y deuai un o'r pyliau hyn arno doedd dim gobaith ei newid am y dydd o leia, am ddyddiau o bosib. Torrodd damaid o'r frechdan a'i ddodi yn ei cheg. Hyfryd. Setlodd yn ôl eto am dipyn er gwaetha'r ffaith bod Martin yn ei hannog i frysio ac yn hwylio i fynd. Edrychodd o'i chwmpas yn y caffi a thrwy'r ffenestr allan i'r stryd. O'r holl ddynion yn y byd pam oedd hi wedi dewis hwn?

Edrychodd ar ei wats. Bron yn ugain munud i ddeuddeg. Dyma'r pumed tro, efallai, iddo fwrw golwg ar yr amser o fewn y deng munud diwetha. Ar bigau'r drain oedd e, a dweud y lleiaf, ac yntau'n cael cyfweliad am swydd hanner dydd. Daethai i'r Stryd Fawr lle roedd swyddfa Cadwaladr a Ffloyd (lle'r oedd y swydd roedd e'n ceisio amdani) am hanner awr wedi un ar ddeg – hanner awr o flaen yr amser penodedig, rhag ofn iddo fod yn hwyr. Fel hyn oedd Rhys bob tro roedd e'n mynd am gyfweliad, yn rhy gynnar o bell ffordd ac wedyn heb ddim i'w wneud am hanner awr ond 'lladd amser', hongian o gwmpas, cerdded yn ôl ac ymlaen, cyfri'r munudau. Aethai i mewn i'r siop lyfrau am funud neu ddwy ond ni allai ganolbwyntio ar ddim. Aethai i mewn i'r siop ddillad, ond doedd e ddim yn yr hwyliau iawn i feddwl am ddillad ac yntau'n gwisgo'i siwt orau – ei siwt gyfweliadau, crys glân caled, fel crafanc am ei wddwg. Doedd e ddim yn ef ei hun yn y dillad dieithr hyn – sut allai fod yn ef ei hun yn y cyfweliad? A dyma fe'n dechrau pryderu eto. Aeth i mewn i'r siop hen bethau am rai munudau cyn iddo holi'i hun pam yn y byd aethai i'r siop honno ac yntau heb damaid o ddiddordeb mewn pethau hen. Dyna un o'r troeon yr edrychodd ar ei wats eto a theimlo nad oedd amser yn symud o gwbl, eithr ei fod yn sefyll yn ei unfan er mwyn ei wylltio ef.

Roedd y cyfweliad hwn yn bwysig iawn iddo. Bu'n ddiwaith nawr ers bron i chwe mis a theimlai fod ei ieuenctid yn llithro o'i afael. Er iddo geisio am nifer o wahanol swyddi, pob math o bethau, (a chollasai gyfri ar yr holl gyfweliadau a gawsai), ni chawsai fawr o lwc. Roedd e wedi dod i'r pwynt lle roedd e'n barod i gymryd unrhyw waith. Ond roedd ganddo radd dda mewn Saesneg. Siawns na châi swydd weddol o barchus a chyflog teg fel y gallai ddechrau clirio'r dyledion a ddaeth i'w ran wrth iddo ddarllen am ei radd a meddwl am gael ei gartref ei hun a char. Ond dyma fe'n byw mewn un stafell ac yn gorfod rhannu cegin a stafell ymolchi ac yn dal i ddibynnu ar ei fam a'i dad am ambell gildwrn o hyd. Sefyllfa a fyddai'n chwerthinllyd oni bai'i bod hi'n druenus.

A nawr roedd hunandosturi yn dechrau cael gafael ynddo. Rhaid iddo fod yn bositif (cyngor ei fam), rhaid iddo feddwl ei fod e'n mynd i gael y swydd (llais ei dad). Rhaid iddo fynd i mewn fel petai'r swydd yn eiddo iddo ef yn barod, gair i gall gan bob gwefan ynghylch sut i lwyddo mewn cyfweliad a ddarllenasai. Yn wir, on'd oedd e'n hen law ar gyfweliadau?

Erbyn hyn buasech chi'n meddwl y buasai'i brofiad yn gefn iddo, ond roedd e'n dal i ddioddef gan ieir bach yr haf yn y bol bob tro. Gwaetha'r modd, roedd yr holl gyfweliadau aflwyddiannus wedi dechrau erydu unrhyw damaid o hyder oedd yn weddill ganddo.

Ystyriodd fynd i mewn i Coffi Anan. Ond ni fyddai'n gallu sefyll mewn cwt o bobl heb sôn am aros am yr archebion. Ac wedyn, pan ddeuai, go brin y gallai yfed y coffi. Roedd e'n rhy nerfus o lawer. Byddai'n rhy gostus, ta beth. Roedd yn gorfod cyfri pob ceiniog.

A dyma sbardun i gipio'r swydd. Pe bai'n ennill cyflog ni fyddai'n gorfod meddwl am bob un geiniog goch a siawns na allai fynd ma's i gael disgled ambell waith heb deimlo'r straen ar ei goffrau.

A beth yw'r peth cyntaf maen nhw'n ei ofyn i chi ym mhob cyfweliad?

Gymerwch chi baned o goffi?

'Dwi'n mynd i gael botocs,' meddai Elaine.

'Cer o 'ma,' meddai Lowri gyda digon o anghrediniaeth barod. Doedd dim a wnâi Elaine yn ei synnu hi o gwbl. Ond roedd disgwyl iddi fynegi syndod.

'Yndw, dwi'n benderfynol o'i gael, wsti, reit yma,' pwyntiodd gyda'i bys at lecyn penodol rhwng ei haeliau, uwchben ei thrwyn, 'Weli di'r llinell 'ma? Fatha 'mod i'n gwgu o hyd.'

'W! Odw, wi yn gweld 'med bach o linell man'na.'

Ond a dweud y gwir gallai Lowri weld y llinell yn ddigon clir. Roedd hi'n ddwfn iawn ac oedd, roedd ei heffaith yn gwneud i'w ffrind edrych fel petai'n meddwl am rywbeth mewn penbleth drwy'r amser. Sipiodd Lowri'i *latte* gyda boddhad. Doedd dim pleser o'i gymharu â'r llawenydd o ganfod arwyddion henaint ar wyneb eich ffrind gorau.

'Mae o'n gneud imi edrych yn gas a phiwis. A dwi'n mynd i gael botocs fama hefyd.'

Pwyntiodd at y llinellau bob ochr i'w thrwyn a arweiniai lawr at gornel ei cheg. Oedd, roedd rheina yn ddwfn hefyd.

'Fatha 'mod i'n clwad ogla drwg drw'r amser. Gas gen i edrych yn y drych a gweld yr hen ddynas gas 'na. Fatha bod gwynab fi a'i bersonoliaeth ei hun. Dwi eisio'n gwynab fy hun 'nôl.'

Edrychodd Lowri arni yn b'yta *éclair*. Oedd, roedd Elaine wedi heneiddio'n enbyd. Roedd hi'n ei chofio hi pan oedd hi'n weddol o bert. Ond doedd gobaith iddi adennill yr hen harddwch yna nawr, roedd y dirywiad wedi mynd yn rhy bell. Teimlai Lowri fel clapio, ond dywedodd –

'Ti ddim yn disgwyl mor ddrwg â hynny, ferch! Ti'n gallu cuddio rheina 'da 'med bach o golur w.'

'Na,' meddai Elaine yn swta, 'bydde'r colur yn mynd mewn i'r crycha fatha mwd yn cracio ac mae o'n gneud i ti edrych yn waeth. Na! Botocs amdani i mi. A dwi wedi ystyried cael tyc bach hefyd.'

'Tyc?'

Gafaelodd Elaine mewn tamaid o gnawd o dan ei gên. Oedd, meddyliai Lowri, roedd y cnawd yna yn debyg i dagell twrci. Druan ohoni. Ond go brin y gallai wneud dim ynglŷn â hynny. Fe fyddai'n costio ffortiwn.

'Byddai hwn'na'n costio ffortiwn,' meddai.

'Dim cymaint â 'ny,' meddai Elaine, 'a dwi wedi holi Robert yn barod ac mae o'n fodlon talu.'

Chwarddodd Lowri yn ei meddwl wrth sipio'i *latte* eto. Roedd Robert yn fodlon talu er mwyn cael adnewyddu'i wraig, mae'n debyg. Efallai fod Elaine yn awyddus i gael yr holl waith hyn rhag i'w gŵr ddechrau crwydro a meddwl cael gwraig newydd sbon heb grychau yn lle atgyweirio'r hen un.

'Felly,' meddai Lowri, 'rhwng y botocs a'r tyc ti'n sôn am eitha tipyn o waith, on'd wyt ti?'

'Ti'n feddwl? 'Di o ddim lot.'

Doedd Lowri ddim wedi dymuno brifo'i ffrind ond yn amlwg roedd y geiriau wedi'i tharo gydag ergyd.

'Na, na, dim o gwbl,' brysiodd Lowri i wneud yn iawn, ond ar ei hôl hi braidd, roedd y tramgwydd wedi cydio, 'mae lot o bobl yn cael tamaid bach o driniaeth dyddiau 'ma. Tamaid bach o waith trwsio yw e, 'na gyd. Fel peintio tŷ.'

Yn syth wrth i'r geiriau ddod o'i phen sylweddolodd Lowri nad oedd y ddelwedd yn taro deuddeg rywsut. Ond roedd hi'n rhy hwyr. Gwnaed y niwed. Edrychai'i ffrind yn sydyn yn druenus o ddagreuol.

'Sdim rhaid i ti beintio'r tŷ,' meddai Elaine, 'ti fatha Lauren Bacall, heneiddio'n hardd wnei di. Cei di weld, byddi di'n hardd yn dy chwedegau, dy saithdegau, dy wythdegau hyd yn oed, heb i ti orfod gneud dim.'

Gallai Lowri deimlo'i chenfigen a pheth atgasedd yn golchi drosti mewn tonnau. Ond roedd peth bai ar Elaine ei hun. Wedi'r cyfan, roedd hi'n smygu'n drwm ac yn yfed yn ddiwyd bob nos. Roedd pethau fel'na yn cael effaith andwyol ar y croen yn anorfod.

'Os na cha i 'mwrw lawr gan fws,' meddai Lowri gan chwerthin tamaid bach mewn ymgais i guddio dweud peth mor wan. Ond wnaeth hi ddim gwadu proffwydoliaeth ei ffrind chwaith.

'Wel,' meddai Elaine yn derfynol, 'mae o'n hen bryd i mi'i throi hi.'

Cododd y ddwy gan hel eu bagiau i gyd at ei gilydd.

'Oes 'na fysiau yn dod lawr y lôn 'ma?'

Doedd dim amheuaeth ganddo fod modd teithio drwy amser. Nid oedd dadleuon ynghylch rhesymeg neu, yn hytrach, afresymeg y ddamcaniaeth yn mennu dim arno. Ni allai dderbyn taw dyfais ffuglen wyddonol mwy na gwyddoniaeth oedd y syniad yn y lle cyntaf. Iddo ef roedd ffilm fel *Interstellar* yn rhaglen ddogfen ffeithiol ac nid yn ddrama. Ac onid oedd digon o dystiolaeth ar y we ac ar YouTube? Y llun a dynnwyd o dorf o bobl wedi ymgynnull i weld pont newydd yn cael ei hagor yn 1941. Yn eu plith saif dyn ifanc yn gwisgo sbectol haul, dillad a thoriad gwallt sydd yn ymddangos fel petaen nhw'n perthyn i ffasiwn diweddarach o lawer. Yr hen fenyw honno mewn ffilm gan Charlie Chaplin sydd yn amlwg yn siarad ar ffôn symudol bach. A'r ffilm arall honno o fenyw ifanc yn cerdded gyda chriw o ferched eraill yn 1938, on'd yw hithau yn dal ffôn symudol wrth ei chlust? Roedd y rhain, yn ogystal â thoreth o enghreifftiau eraill, wedi argyhoeddi Jonathan yn llwyr bod modd symud o gyfnod o amser yn y gorffennol, neu ynteu yn y dyfodol o'r presennol ac yn ôl. Nid oedd y ffaith bod pob un o'i hoff enghreifftiau wedi cael eu tanseilio a'u gwrthbrofi yn hawdd yn poeni dim arno. Wrth gwrs doedden Nhw ddim yn moyn i ni wybod bod teithio mewn amser yn bosibl ac yn digwydd... wel, drwy'r amser! Beth bynnag, roedd e'n gwybod drwy reddf ei bod hi'n wir. Roedd pobl o'r gorffennol ac o'r dyfodol yn croesi drwy'n hamser ni. Ac weithiau, fel roedd digonedd o storïau yn tystio, roedd hi'n bosibl i ni lithro yn ôl neu ymlaen mewn amser drwy ryw fath o dwll neu grac neu borth. Fel y ddwy foneddiges rheina ar ddechrau'r ugeinfed ganrif yn Versailles a lithrodd yn ôl i oes Marie Antoinette gan weld y frenhines yn peintio ar y lawnt. Roedd honno yn enghraifft adnabyddus iawn ond roedd Jonathan wedi darllen am nifer o brofiadau tebyg.

Yr unig broblem, er mawr siomedigaeth i Jonathan, oedd nad oedd dim tebyg wedi digwydd iddo ef. Serch hynny, roedd e'n barod, roedd e'n disgwyl cael blas cynamserol neu ôl-amserol ar y dyfodol neu'r gorffennol, yn ôl y deddfau neu'r amgylchiadau neu'r cyflyrau oedd yn rheoli'r pwerau hyn. Cyhyd ei fod e'n agored i'r posibilrwydd a'r tebygrwydd, efallai, yna roedd y cyfryw antur yn siŵr o ddod i'w ran – yn hwyr neu'n hwyrach. Ond am y tro, yn y cyfamser – on'd oedd hi'n amhosibl siarad heb ddefnyddio termau oedd yn ymwneud ag amser? Yma roedd e yn y stryd hon, yn y dre hon, ar frys i fynd i swyddfa'r post ac i wneud ambell neges cyn i'r amser ar ei docyn parcio ddirwyn i ben. Roedd e wedi talu am 'arhosiad byr' yn unig. Roedd ei amser, felly, yn brin.

Yna, yn sydyn, fe deimlodd ryw bendro yn dod drosto wrth gerdded lawr y stryd a nesáu at swyddfa'r post. On'd oedd e wedi gweld ac wedi gwneud hyn ac wedi bod yma o'r blaen? On'd oedd e wedi gweld y fenyw honno yn eistedd ar y llawr ar flanced yn chwibanu am arian, yr hen ŵr oedrannus penwyn ond trwsiadus hwnnw, y dyn tenau yna'n ll'nau ffenest y siop ddillad, y ferch yn y dillad holl liwiau'r enfys fel petai'n mynd i fflio i ffwrdd unrhyw funud? Do, fe welsai'r llefydd a'r bobl hyn o'r blaen, wedi'r cyfan, tref fach oedd hon ac roedd rhywun yn siŵr o weld yr un wynebau dro ar ôl tro. Ond fe welsai'r union olygfa hon o'r blaen yn ei holl fanylder ac fe deimlai'n sicr ei fod e'n gwybod beth oedd yn mynd i ddigwydd nesa. A bod rhywbeth mawr yn mynd i ddigwydd a bod hynny yn anochel ac nad oedd modd nawr i neb ei osgoi. Ond beth yn gwmws oedd yn mynd i ddigwydd?

Penderfynodd ei fod e'n mynd i'r llyfrgell. Talodd am ei de a'i frechdanau a gadael y caffe. Safodd yn y stryd am eiliad gan geisio ymgyfarwyddo eto â'r eglurder rhyfeddol newydd drwy'r lensys dieithr. Roedd y gloywder treiddiol hwn bron â bod yn boenus. Y lliwiau llachar, y wynebau ynghyd â'u holl ddiffygion – crychau, brychau, plorynnod, creithiau – roedd y cyfan yn ormod iddo. Teimlai'i fod yn gallu gweld trwy bobl a darllen eu meddyliau. Caeodd ei lygaid am dipyn cyn iddo ddod ato'i hun eto.

Cymerodd un cam. Roedd hynny yn weithred gadarnhaol. Golygai'i fod yn mynd ymlaen. Dyna'r peth pwysig nawr. Cario yn ei flaen. Bwrw ymlaen. Wrth i'w gamau fagu peth momentwm fe gofiodd am freuddwydion rhyfedd a gawsai'r noson honno. Doedd Orig ddim yn cofio'i freuddwydion fel rheol ond mor ryfedd a dirgel oedd rhain fel roedd rhai o'r delweddau wedi aros yn ei feddwl. Roedd e wedi breuddwydio am bobl oedd wedi marw; ei fam ac un o'i ffrindiau yn benodol, er nad oedd wedi meddwl am y naill na'r llall ers tro. Gwelsai'r ddau mewn gorsaf trenau. Aethai yntau, Orig, yno i gwrdd â rhywun ond doedd e ddim yn gwybod pwy. Aeth i ryw orsaf fawr ac edrych i gyfeiriad y trenau. Safai yno gyda nifer o bobl eraill yn disgwyl i rai gyrraedd ac i ddod trwy'r clwydi atyn nhw, rhai yn dal arwyddion ag enwau arnyn nhw. Yna gwelodd ei fam yn disgyn oddi ar un o'r trenau gyda chriw o bobl eraill. Ond nid ei fam fel yr arferai fod mohoni, eithr ei fam gyda phen anferth, maint car bach. Ac er ei fod yn ei hadnabod fel ei fam, er gwaetha'i phen annaturiol o enfawr, nid edrychodd i'w chyfeiriad a cherddodd hithau heibio iddo heb ei gyfarch. Ei gweld hi drwy gil ei lygad a wnaeth e.

Yna, ar yr ochr arall, ymddangosodd ei ffrind annwyl Ieuan a fu farw ryw ddeng mlynedd yn ôl. Ac unwaith eto nid ei ffrind fel yr arferai fod mohono. Roedd e wedi'i wisgo fel perfformiwr mewn syrcas, siwglwr efallai, er nad oedd yn siwglo wrth iddo gerdded o'r trenau tua'r clwydi. Roedd e'n gwisgo het silc dal, modrwyau mawr, lliw pres melyn, yn ei glustiau, dim crys. Roedd ei frest yn noeth, gwasgod ddu, trwser llac streipiog, gwyrdd, melyn a choch oedd y streipiau. Taflodd Ieuan wên ato a cherdded heibio. Ac wedyn safodd Orig yno gan ddisgwyl rhywun i gyrraedd. Llifai'r bobl tuag ato wrth ddisgyn o'r trenau ond aent heibio iddo, o bob tu iddo.

Roedd e'n dal i erfyn i'r person adnabyddedig gyrraedd pan ddihunodd am bedwar y bore. Mor glir oedd y freuddwyd ac roedd rhywbeth erfyniol, gorfodol yn ei chylch. Fe deimlai Orig nawr, wrth gerdded lawr y Stryd Fawr i gyfeiriad y llyfrgell, fod rhyw arwyddocâd os nad rhyw neges i gael ymhlyg yn y freuddwyd honno. Pam oedd ei fam a'i ffrind – dau berson nad oedden nhw erioed wedi cwrdd â'i gilydd – wedi ymddangos iddo mewn breuddwyd ac ar wedd mor od? Pam nad oedden nhw wedi siarad ag ef? A pham nad oedd yntau wedi teimlo unrhyw awydd i siarad â nhw? Beth yn union oedd ystyr y freuddwyd?

Llithrodd o'r swyddfa ma's i'r Stryd Fawr a chynnau sigarét cyn gynted ag y gallai deimlo'r awyr ar ei chroen. Roedd yna le yn y cefn lle'r âi hi a smygwyr eraill, fel rheol, ond 'na gyd oedd i'w weld yn y fan honno oedd cefnau'r tai a chefnau'r siopau a biniau sbwriel. Yma yn y stryd roedd rhywun yn gweld pobl yn mynd a dod.

Aeth effeithiau'r sigarét drwy'i chorff. Rhyw flas chwerw ar y dechrau ac yna'r teimlad o ryddhad a bodlonrwydd a phob cell ynddi hi fel petai'n ymlacio ac yn dweud diolch. Ni allai fynd drwy'r bore heb fanteisio ar y canlyniadau lliniarus hyn, yn enwedig ar fore fel hwn a phawb yn y swyddfa ar bigau, y bosiau yn gofyn am hyn a'r llall byth a hefyd, yr ysgrifenyddion yn biwis (dim newid yna), a theimlad fel cerdded ar wyau ym mhobman. Ac roedd rhyw gyfweliadau am hanner dydd felly rhaid iddi fod yn ei hôl yn y dderbynfa cyn hynny er mwyn cwrdd â'r ymgeisydd. Dim ond yr un, diolch i'r drefn. Roedd hi wedi bwrw golwg dros ei CV a doedd ei gymwysterau ddim yn arbennig o dda. Roedd Mr Ffloyd yn flin am hynny. Roedd yr holl beth yn wastraff amser, meddai.

Ymhyfrydai am y tro ym mhwerau dirgel y sigarét. Gwyddai yn iawn, wrth gwrs, nad oedd yn beth iach yn y tymor hir, ond fel hyn yr edrychai ar ei dewisiadau; doedd hi ddim yn mynd i farw o gancr ar yr ysgyfaint yn y fan a'r lle y bore hwnnw, nac oedd? Ar y llaw arall pe na châi'r sigarét yma nawr roedd yna berygl y byddai hi'n cracio a mynd yn wyllt a lladd pob un yn y swyddfa gan eu trywanu gyda'r siswrn a gwneud amdani'i hunan wedyn. Felly, mewn ffordd, wrth smygu roedd hi'n achub bywydau. Oedd, roedd hi wedi treio rhoi'r gorau iddi sawl gwaith; gwnaethai sawl adduned Ionawr y cyntaf dim ond i'w torri erbyn Ionawr y pumed neu'r chweched. Cawsai batsys nicotîn, gwm cnoi nicotîn, hypnosis a therapi. Doedd dim wedi tycio. A doedd gyda hi gynnig i'r pethau newydd bechingalw 'ma – agerennau. Edrychai pob un mor llechwraidd wrth bwffio ar rheina. Roedd golwg o euogrwydd, fel petai, yn y ffordd roedd rhywun yn eu dal nhw. A doedden nhw ddim yn 'cŵl' – allwch chi ddim gweld Humphrey Bogart neu Bette Davis neu James Dean yn defnyddio agerét. Wedi dweud hynny, nid oedd modd gwadu y bu farw Bogart a Davis o ganlyniad i oes o smygu'n drwm. Eto i gyd, bu farw James Dean dan amgylchiadau sydyn ac anrhagweladwy. Ond byrdwn y llinyn yma o syniadau a âi drwy'i meddwl wrth sefyll y tu fa's i'r swyddfa oedd bod golwg cŵl arnyn nhw a gobeithiai Rosie ei bod hi'n edrych yn cŵl hefyd. Nid ei bod hi'n poeni rhyw lawer nawr beth oedd barn pobl amdani. Roedd hi'n ddeugain a dwy oed ac wedi dysgu o brofiad nad oedd modd rheoli beth oedd eraill yn feddwl amdanoch, nid oedd modd gwybod, hyd yn oed, beth oedd eraill yn ei feddwl amdanoch. A beth bynnag roedd pobl yn ei feddwl (os oedden nhw'n meddwl amdanoch chi o gwbl) doedd fawr o ots. Gwyddai fod y merched ifanc yn y swyddfa yn sibrwd ac yn giglan wrth ei gweld hi'n mynd am ei sigarét. Twll din iddyn nhw. Doedd dim pwrpas dod i nabod yr un ohonyn nhw, wath bydden nhw i gyd, o un i un, yn symud i jobyn arall o fewn chwe mis, naw ar y mwya.

Roedd gan Rosie fwng o wallt lliw copr ac roedd hi wedi bod yn cael affêr cyfrinachol gyda Mr Ffloyd ers wyth mlynedd bellach. Roedd hi'n mynd i'r un eglwys ag ef a'i wraig. Doedd dim syniad gan honno. Ond roedd Rosie yn dechrau blino ar yr anonestrwydd ac er i gyfrinachedd y sefyllfa fod yn gyffrous ar y dechrau cawsai hen ddigon. Man a man iddi wneud hynny yn glir wrth Ffloyd. Sathrodd fonyn ei sigarét ar y pafin gyda phenderfyniad.

Beth oedd enw'r dyn oedd yn dod am gyfweliad nawr?

Un diwrnod parciodd Linda ei char o flaen ei chartref yn y stryd lle roedd hi'n byw. Roedd rhywfaint o'r cerbyd yn sefyll ryw ychydig o flaen clwydi'r tŷ drws nesa. Doedd Linda ddim yn cofio nawr pa ddiwrnod o'r wythnos oedd hi, na faint o'r gloch oedd hi, ond roedd hi'n siŵr taw deunaw mlynedd yn ôl oedd hi. Roedd hi'n dal i gael ei hatgoffa o'r diwrnod hwnnw bron bob dydd o hyd. Nid am y diwrnod yn gymaint â'i chamwedd honedig. Ar ôl iddi barcio aethai Linda i mewn i'w chartref i ôl rhywbeth neu i wneud rhywbeth, gyda'r bwriad o symud y car yn nes ymlaen. Doedd dim cof gyda hi i ba berwyl yr aethai i'r tŷ oherwydd cyn iddi'i gyflawni dyma gnocio ffyrnig wrth y drws yn atseinio drwy'i hannedd, digon uchel i ddeffro'r meirw. Aeth Linda i'w ateb yn syth – oedd ei gŵr wedi cael damwain, oedd ei merch wedi cael ei chipio? Aeth pob math o feddyliau fel'na drwy'i phen. Yno safai'r gŵr drws nesa, Gerald, Gerry i'w ffrindiau. Roedd ei wyneb yn biws. Chafodd Linda ddim cyfle i'w gyfarch cyn iddo wylltio yn gandryll, roedd e'n ffyrnig, roedd e'n tampo. Roedd Linda, meddai, wedi parcio'i char heb unrhyw ystyriaeth o anghenion pobl eraill, fel petai hi oedd pia'r stryd i gyd. Pryd, hoffai wybod, oedd hi'n meddwl symud y car? A phe bai hi'n gwneud hynny eto fe fyddai ef yn dod ma's gyda morthwyl ac yn difetha pob modfedd o'i char.

Dyna ddechrau'r peth. Symudodd ei char ac ymddiheuro'n llaes. Ond doedd Gerald (doedd Linda ddim ymhlith ei ffrindiau) ddim yn fodlon gadael llonydd i'r mater. Fel ci tarw gydag asgwrn doedd y syniad o ildio ddim yn bosibl iddo ef. Aeth Gerald ymlaen ac ymlaen am y parcio fel un hen dôn gron. Ac ychwanegai at y camwri hwnnw unrhyw drosedd arall (yn ôl ei ddiffiniad ef) o'i thu hi. Felly, roedd y perthi yn tyfu'n rhy uchel fel na welai ef a'i wraig olau dydd yn eu cegin, roedd gwreiddyn ei choeden afalau yn tyfu o dan ei ffens ac yn peri i'r llwybr llechi yn ei ardd ef gracio, roedden nhw'n slamio drysau nes bod ei dŷ ef yn crynu, roedd Betty, plentyn Linda, a'i ffrindiau'n cadw mwstwr o flaen ffenestr ei gartref wrth chwarae yn y stryd, roedd Betty a'i ffrindiau yn cadw mwstwr wrth chwarae yn yr ardd. Cynyddodd y cwynion fel caseg eira. A thyfodd a thyfodd casineb Gerald tuag atyn nhw fel cancr. I ddechrau ceisiodd Frank, gŵr Linda, ddal pen rheswm gydag ef. Yn ofer. Câi pob trosedd dybiedig ar eu rhan nhw ei disodli gan un llawer gwaeth yn ôl Gerald. Wedi treio bod yn gwrtais dim ond i gael ei ddibrisio ceisiodd Frank roi dau chwech am swllt. Ni thyciodd hynny chwaith. Aeth Gerald yn fwy cecrus a gelyniaethus.

Roedd hyn bellach yn frwydr, yn rhyfel rhwng dau gartref. Yna aeth Linda a Frank i gyfraith a chafodd Gerald ei rybuddio rhag poeni'r teulu. Ei ymateb i hynny oedd iddo lunio arwyddion mawr, placardiau ag arnynt rhestr o holl bechodau Linda, Frank a Betty mewn llythrennau mawr coch a'u gosod i sefyll yn ei ardd ac ymhob ffenestr yn ei gartref. I raddau roedd Linda a Frank yn ddiolchgar fod Gerald wedi mynd mor bell â hynny, gan ei fod yn dangos i'r gymdogaeth gyfan ei wallgofrwydd afresymol ei hun.

Ystyriodd Frank a Linda symud tŷ sawl gwaith, ond dywedodd eu cyfreithwyr wrthyn nhw – a hwythau, wrth gwrs, yn gyfarwydd â'r hanes i gyd – y byddai'n ddyletswydd arnyn nhw i roi gwybod i unrhyw un a ddymunai brynu'r tŷ am unrhyw broblemau gyda'r cymdogion.

Roedd tŷ Gerald a'i arwyddion yn poeri sarhad ar Linda (yr Hwren) a Frank (y Meddwyn) a Betty (y Slebog) yn gyff gwawd drwy'r dre a thu hwnt.

Y bore hwnnw yn y Stryd Fawr, pwy oedd yn digwydd cerdded tuag ati ond Gerald. Flynyddoedd 'nôl byddai Linda wedi croesi'r ffordd yn hytrach na'i wynebu. Ond erbyn hyn roedd hi wedi cael digon. Roedd golwg hen arno ac olion tostrwydd ar ei wyneb. Doedd e ddim yn debygol o bara'n hir. Wrth ei basio gofynnodd Linda,

'Shw mae, Gerry?'

Teimlai braidd yn grac gydag ef ei hun. Pam yn y byd roedd e wedi prynu llyfr newydd arall am *Titanic*? Wrth ddod ma's o'r siop lyfrau gyda'r pecyn dan ei gesail fe geisiodd wneud cyfri o'r holl wahanol ymdriniaethau â'r pwnc a lenwai'i gartref. Buan iawn, bron yn syth yn wir, rhoes y gorau iddi, wath ni allai'u cofio nhw i gyd. Roedd y diddordeb hwn – diddordeb ac nid obsesiwn – yn ymestyn yn ôl i'w ddyddiau ysgol. Ac er bod nifer o ddiddordebau eraill ganddo, (criced, rygbi, garddio, gwin da, ar wahân i'w waith bara menyn fel athro ymarfer corff), roedd ei chwilfrydedd ynghylch hanes y llongddrylliad wedi parhau ar hyd ei oes. Gwyddai Howard fod yna waeth trychinebau morol i gael lle'r roedd mwy o eneidiau wedi'u colli a rhai mwy dramatig a mwy diweddar na'r un enwog hon, ond roedd rhyw ramant a chyfaredd odiaeth parthed *Titanic* na allai Howard mo'i wrthsefyll. Ac erbyn hyn wedi oes o astudio'r achos a chymathu'r ffeithiau amdano fel bod pob math o fanylion ar flaenau'i fysedd, fel petai, roedd y cyfan yn rhan ohono, yn rhan o'i fywyd. Go brin y gallai newid nawr.

Wrth iddo gerdded ar hyd y Stryd Fawr i gyfeiriad y maes parcio ceisiodd roi cyfri am afael *Titanic* arno. Ni allai. Rhan o'i swyn yn bendant oedd maint y llong, ond roedd yna longau mwy; rhan ohono oedd ei moethusrwydd, ond moethusrwydd dyddiedig a hen ffasiwn oedd hwnnw o'i gymharu â llongau ddiweddar. Fyddai neb yn gweld bwydlen y lansiad yn arbennig o ysblennydd nawr ond yn ei dydd roedd sardîns neu gyw iâr mewn asbig (beth bynnag oedd asbig) yn ddanteithion anghyffredin.

Yn fwy na dim y bobl oedd yn mynd â'i fryd ers y tro cyntaf y darllenasai am y suddiad mewn cylchgrawn ar y Sul yn ei arddegau. Pwy a allai anghofio am stori Isidor ac Ida Straus a wrthododd ymadael â'i gilydd ac a aeth i eistedd ochr yn ochr wrth i'r llong suddo? Am Molly Brown, yr 'Ansuddadwy' gyda'i dillad crand a'i phersonoliaeth liwgar? Ar y llaw arall roedd rhai wedi ymddwyn yn warthus, fel Syr Cosmo Duff-Gordon a'i wraig yn sgramblo'n ddigywilydd i fynd ar y bad achub o flaen eraill. Roedd y llong yn pefrio gan storïau a chymeriadau ac o enghreifftiau o wrhydri ysbrydoledig yn ogystal â llwfrdra cachgïaidd. Roedd yna storïau a ymylai ar fod yn anhygoel fel hanes Violet Jessop a oroesoedd nid yn unig llongddrylliad *Titanic* ond hefyd ddamweiniau ar ei chwaer longau *Britannic* ac *Olympic*, a Richard Norris Williams a aeth ymlaen ar ôl cael ei achub o'r *Titanic* i ennill pencampwriaeth denis Agored America ddwywaith. Meddyliai hefyd am Gymry *Titanic* fel Harold G Lowe (a chwaraewyd yn y ffilm gan Ioan Gruffudd – roedd Howard o'r farn taw perfformiad Gruffudd oedd un o rinweddau prin y ffilm alaethus honno a lurguniodd y ffeithiau yn anfaddeuol) a'r paffwyr David Bowen o Dreherbert a Leslie Williams o Donypandy a aethai i lawr gyda'r llong, ill dau, dan y dyfroedd fel y rhan fwyaf o ddynion a deithiodd gyda'r trydydd dosbarth.

Roedd un peth wastad wedi chwarae fel chwilen ym meddwl Howard wrth iddo fyfyrio uwchben *Titanic*; cyn i'r llong daro'r mynydd iâ tyngedfennol hwnnw, cyn i neb weld y graig oeraidd ofnadwy honno hyd yn oed, a oedd yna ryw deimlad yn yr awyr fel sydd i'w gael, medden nhw, o flaen trychineb erchyll?

Gwagedd o wagedd, gwagedd yw y cwbl. Nawr yn fy ngalar, fy mhrofedigaeth, gwelaf fwy o synnwyr yn Llyfr y Pregethwr nag unrhyw ran arall o'r Beibl. Yma yn y Stryd Fawr gwelaf rai yn ymgordeddu drwy'i gilydd fel morgrug – mae'r trosiad yn ystrydebol ond yn addas – yn rhuthro o le i le, o siop i siop ac i'r banciau. Ar frys am fod popeth yn dibynnu ar wneud neges neu ryw dasg. Materoliaeth yw hyn. Mamon sy'n rheoli pob un y dyddiau 'ma. A pha beth bynnag ddeisyfai fy llygaid ni omeddwn hwynt, ni ataliwn fy nghalon oddi wrth ddim hyfryd, meddai'r Pregethwr.

Roedd Sarah yn wraig dduwiol iawn, gytbwys, gymen a darbodus. Ni ddeuai i'r dre 'ma i ofera fel y rhain, eithr i gael ein hanghenion yn unig. Darllenai ddarn o'r ysgrythur bob dydd a gweddïai yn fynych. Gweddïai dros eraill, mor anhunanol oedd hi. Ond pan aeth hi'n glawd, chwarae teg iddi, gweddïodd, a gweddïais innau am ei gwellhad. Ac yna mae llyfr y Pregethwr yn llygaid ei le eto pan ddywed 'yr un peth a ddamwain i bawb fel ei gilydd, yr un peth a ddamwain i'r cyfiawn ac i'r annuwiol, i'r da ac i'r glân, ac i'r aflân.' Mae'r ffordd hon yn dwyn i gof Stryd Pleser yn *Gweledigaethau y Bardd Cwsg*. Merched peintiedig, dynion merchetaidd, gwanc a glythineb. Prin y gallai rhai gerdded, mor flonegog ydyn nhw. Gwagedd ac oferedd ymhob man. Am hynny cas gennyf einioes, canys blin y gorchwyl a wneir dan haul. Cofiaf Sarah a'i holl weithredoedd da, ei chymwynasgarwch, ei charedigrwydd a'i goddefgarwch. Gwraig dda a mam dda i'n plant, Siôn, Angharad a Dafydd. Aethon nhw ill tri i ffwrdd i fyw a gweithio ac anaml y deuen nhw i weld eu mam, hyd yn oed yn ei chystudd. Pwy fagai blant? Ond maddeuodd iddyn nhw a maddeuodd i mi fy nyledion a'm pechodau. Ond nid oes goffa am y pethau gynt ac ni bydd goffa am y pethau a ddaw gan y rhai a ddaw ar ôl. Felly i ba ddiben yr ymdrechwn i fod yn gyfiawn a rhinweddol fel y gwnaeth Sarah? Man a man i ni gyd fod fel y rhain, yn rhuthro o'r naill bleser byrhoedlog i'r llall. Mae'r tyrau teg? Mae'r tref tad? Mae'r llysoedd aml? Mae'r lleisiad? Mae'r tai corniogion? Mae'r tir? Mae'r swyddau mawr, os haeddir? Mae'r sew? Mae'r seigiau newydd? Mae'r cig rhost? Mae'r cog a'u rhydd? Mae'r gwin? Af i'r dafarn a llenwaf fy mol â gwin nes i mi liniaru'r boen a llenwi'r gwacter nes i mi anghofio nid yn unig am Sarah, am ei chystudd olaf ac am ei chladdu ond nes i mi anghofio pob peth. Ac os na ddihunaf o 'nghwsg meddwol beth fyddai'r ots? Pruddlawn yw'r corff priddlyd, pregeth, oer o beth, yw'r byd. Fydd fy mhraidd yn gweld f'eisiau i ar y Sul, tybed? Go brin. Oherwydd y rhai byw a wyddant y byddant feirw, ond nid oes gwybodaeth gan y meirw ac nid oes iddynt wobr mwyach, canys eu coffa hwynt a anghofiwyd. Canys pwy a ddengys i ddyn beth a ddigwydd ar ei ôl ef dan yr haul?

– Yn fuan ar ôl iddyn nhw setlo yn yr ail dŷ (aeth Rhian ymlaen gyda'i stori) dywedodd eu tad fod rhaid iddyn nhw symud unwaith yn rhagor. Roedd yr ail dŷ yn dal i fod yn rhy gostus iddyn nhw. Yn wir, mynnodd eu tad fod rhaid iddyn nhw i gyd wneud popeth o fewn eu gallu i arbed mwy o arian pe bai modd. Roedd e'n dal i weithio ond roedd ei enillion yn isel, meddai fe. Felly, symudodd y teulu eto i dŷ llai na'r ail. Yma roedd y merched yn gorfod cysgu yn yr un stafell. Doedd dim gardd o gwbl, dim ond rhai troedfeddi o goncrid yn y bac. Doedden nhw ddim yn cael comics bob wythnos, fel roedden nhw wedi arfer cael o'r blaen. Chaen nhw ddim mynd i ffwrdd am wyliau fel plant eraill. Rhy ddrud, meddai'u tad. Ac roedd Moira a'i chwiorydd yn gorfod newid ysgol drachefn. Roedd hon yn ysgol ofnadwy lle roedd y plant yn gas a'r athrawon yn llym, ambell un yn wirioneddol greulon yn ôl Moira. Gwnâi'r plant hwyl am ben eu dillad oedd wedi mynd i edrych yn hen ac wedi cael eu trwsio a thrwsio ac ni chaen nhw esgidiau nes bod bysedd eu traed yn pigo drwy dyllau'r hen rai. Ond yn fuan bu'n rhaid iddyn nhw symud eto, a dyna'r tro olaf iddyn fyw mewn tŷ i'w hunain fel teulu. Ar ôl hynny roedden nhw'n debyg i nomadiaid yn symud o stafelloedd wedi'u rhentu i stafelloedd eraill a byth yn sefyll mewn un man yn hir. Bob tro y symudent âi'r stafelloedd yn llai ac yn fwyfwy tlodaidd. Aeth eu heiddo yn llai hefyd ac yn brinnach wrth i bethau gael eu gwerthu a'u ponio. Doedd dim modd cadw dim. Dadleuai'u tad ei bod hi'n haws symud gyda llai o bethach, llai o waith pacio. Symudai Moira ysgol mor aml fel na phoenai am ddod i nabod neb. Ni siaradai â neb ac ni ddymunai neb siarad â hithau, mor ddiraen oedd ei dillad wedi mynd, er bod eu mam yn gwneud ei gorau i'w cadw yn lân. Bob yn dipyn hefyd eto aeth eu bwyd yn blaenach ac yn ddiamrywiaeth nes eu bod yn byw ond ar y pethau mwya sylfaenol yn unig, wyau, tatws, bara. Mynnai'i thad bod ei mam yn gwneud i dorth barhau wythnos rhwng y pump ohonyn nhw.

Erbyn ei bod hi yn ei harddegau ni allai Moira gyfri'r holl wahanol lefydd roedden nhw wedi byw. Roedd ei thad wastad yn pryderu y byddai'r teulu'n mynd yn ddigartref ac y byddai'r uned yn cael ei chwalu a'r merched yn gorfod cael mynd at rieni maeth. Cafodd yr ofnau hyn effaith andwyol ar Moira ac o ganlyniad, a hithau nawr yn ei phumdegau, nid yw'n gallu teimlo'n gyfforddus nac yn saff mewn un man. Gadawodd ei chwiorydd y cartref digartref hyn mor fuan ag y gallent. Ac roedd eu tad mor falch, llai o gegau a boliau i'w llenwi. Cafodd Moira'r argraff na allai ef aros nes bod hithau'n hedfan y nyth ddi-nyth honno. Aeth ei mam yn ddiolwg ac yn llwydaidd ei gwedd. Edrychai fel sgerbwd a dechrau colli'i gwallt. Er gwaetha'r holl ansefydlogrwydd fe lwyddodd Moira i wneud yn o lew yn yr ysgol ac aeth hi i nyrsio gan arbenigo mewn anesthetig.

– Cyn i ti fynd ymlaen, gofynnodd Carys, beth am inni gael bob o ddisgled a bisgedyn arall?

Darllenodd ei sêr y bore hwnnw. Dyna'r peth cyntaf a wnâi hi cyn gadael ei fflat yn y dre. Libra, y glorian oedd ei harwydd hi, yn wir roedd ei phen-blwydd ddiwedd y mis. Yn ôl ei hoff seryddwraig roedd pob peth am y diwrnod hwnnw yn mynd o'i phlaid. Rhoes hynny deimlad o hyder iddi o'r dechrau'n deg. A nawr, a hithau wedi dod ati ei hun eto yn dilyn y pwl mwya rhyfedd yna pan lenwid ei meddwl gan ryw gochni tywyll annymunol – rhuddgoch, sgarled – nawr unwaith eto teimlai'i bod ar uchelfannau'r maes. Heddiw ceir cyfuniad o ffactorau naturiol ac ysbrydol yn anterth eich tŷ, aralleiriodd broffwydoliaeth y seryddwraig yn ei chof, fel y gallech ragori ar unrhyw weithgarwch yr hoffech droi eich llaw ato. Peidiwch â chaniatáu i'ch tuedd i bendilio cyn gwneud penderfyniad eich meddiannu heddiw o bob diwrnod. O safbwynt rhamant y galon gallwch chi deimlo'r awelon o dan eich adenydd. Manteisiol hefyd yw'r rhagolygon ynghylch unrhyw faterion ariannol. Oedd, roedd ganddi duedd i wamalu (teimlai fod y seryddwraig yn ei nabod hi'n bersonol) wrth ddewis rhywbeth neu wrth roi'i bryd ar rywbeth.

Wrth iddi ddod ma's o'r siop-bunt-am-bopeth gyda phecyn o ddatys, pecyn o almonau, pecyn o gnau'r ymennydd a phecyn o ddarnau mango wedi'u sychu teimlai fod ei hwyliau cadarnhaol yn cael eu hatgyfnerthu. Roedd y bore yn dal i fod yn llawn posibiliadau a gweddill y diwrnod yn ymestyn o'i blaen yn debyg iawn i'r Stryd Fawr hon. Penderfynodd – ie, gwnaeth y penderfyniad bach hwn yn ddigon rhwydd – yr âi yn ôl lawr y stryd y ffordd a ddaethai ychydig yn gynharach. Un fel'na oedd hi, yn mynd yn ôl ac ymlaen ac yn ôl eto dros ei llwybrau ei hun. Pasiodd y fenyw yn chwarae'i chwibanogl, 'Ar lan y môr' oedd hi nawr, gyda theimlad o euogrwydd na allai wneud cyfraniad bach i'r pentwr o arian gleision yn ei chwdyn. Aeth i mewn i siop elusennol a godai arian er mwyn helpu'r rhai digartref. Un o ofnau mwya Gillian oedd bod yn ddigartref. Doedd hi ddim yn gofyn gormod: stafell fechan, lle i gysgu, lle i gwcan, lle i ymolchi. Roedd hynny i gyd gyda hi ac roedd hi'n ddiolchgar iawn.

Wrth gwrs, yn ddelfrydol, fe fyddai hi'n byw yn ei bwthyn ei hun yng nghefn gwlad, caeau a choed o'i gwmpas. O'r diwedd, fe gâi hi gadw'i chath ei hun, dwy gath o bosib. Ni fyddai'n gwneud gwahaniaeth pe bai'n cadw pump, wyth ohonyn nhw, a nifer o gŵn, tri o leiaf, heb sôn am eifr a roddai laeth iddi bob dydd, ieir yn cyflwyno wyau beunyddiol a chwch gwenyn hael ei ddiliau mêl. Dyna'i ffantasi ond ni allai hi ei gweld yn cael ei gwireddu. Ni allai hi gadw'r un gath lle roedd hi'n byw ar y pryd ac o'r herwydd teimlai'i bywyd yn anghyflawn.

Yn y siop edrychodd ar y dillad ail law. Doedd gyda hi gynnig i'r gwynt a godai oddi wrth ddillad mewn siop elusen ac ni allai weld dim at ei dant – dim digon o liwiau yn y pethau yn hongian o'r bachau. Felly, aeth i edrych ar y trugareddau. Anaml y deuai i mewn i un o'r siopau hyn a gadael heb brynu rhywbeth i addurno'i stafell fechan. Ystyriodd focs bach hirsgwar ac arno betalau rhosod, peth y gallai gadw clustdlysau ynddo – ond roedd ganddi ddigonedd o focsys; roedd yna focs cerddorol ar siâp piano a chwaraeai 'Que Sera, Sera' pan agorid ei glawr, ond nid apeliai hynny ati lawer. Roedd yna fas dal gul o grochenwaith; hoffai'r siâp ond nid y lliw, melyn. Yna fe'i gwelodd; model o dedi bach tlws, tei bo glas am ei wddwg a siwtces bach glas wrth ei draed. Peth bach pitw oedd, dim mwy na modfedd a hanner ond roedd e wedi'i swyno ac wedi cyfeddiannu'i chalon. Talodd chwe deg ceiniog amdano. Ac wrth ddod ma's i'r Stryd Fawr eto gofynnodd iddo, 'Beth yw d'enw di, tedi bach pert?'

Roedd hi'n waith caled llawn amser ac yn gostus bod yn Jewe£a. Roedd hi'n dipyn o ryfeddod, yn gampwaith, wedi'r cyfan. Roedd hi'n denau fel llathen a gwisgai ddillad tyn er mwyn amlygu'i ffitrwydd. Dihunai am chwarter i bump bob bore ac ar ôl cawod gweithiai ar ei hwyneb, tasg a gymerai hanner i dri chwarter awr. Roedd ei chroen yn gorfod bod yn berffaith a'i haeliau yn arbennig – doedd ganddi ddim aeliau blew go iawn, dim ond rhai peintiedig, ac roedd eu ffurf fwaog a phigog yn gofyn am grefft llaw ddisigl. Âi i salon yn gyson i gael trin ei hewinedd; roedd rheina yn hir ac o bob lliw ac yn sbarcli, ac, afraid dweud, yn rhai gosod. Roedd ganddi fwng o wallt hir melyn a wisgai mewn gwahanol ddulliau o ddydd i ddydd, yn ôl ei hwyliau. Ond nid melyn oedd lliw gwreiddiol ei gwallt (doedd neb wedi gweld y lliw hwnnw ers blynyddoedd) ac yn wir, nid ei gwallt ei hun oedd y rhan fwyaf o'r cudynnau. Cawsai hefyd damaid bach o waith llawfeddygol i helpu perffeithio'r wyneb; roedd ei thrwyn yn grefftwaith yn seiliedig ar drwyn Angelina Jolie. Cawsai llyfnder ei chroen ei wella hefyd drwy driniaeth. Doedd Jewe£a ddim yn swil i siarad am y pethau hyn; doedd dim cyfrinach ynghylch y ffaith nad oedd hi'n anelu at olwg naturiol o gwbl. Nid naturioldeb oedd y nod eithr harddwch dinam.

Roedd ganddi glustdlysau, wrth gwrs, a thrwyndlws a gwefusdlws ar ymyl isa ochr dde ei cheg. Ac roedd ganddi dlysau mewn mannau eraill o'i chorff. Roedd ganddi ddigonedd o datŵs hefyd; ar ei breichiau, ei chefn, ei choesau a'i thraed. Ac yn anochel, ar ei phen-ôl. Blodau gan fwyaf. Dim byd dichwaeth. Ar un adeg roedd yr enw Stefano ganddi ar draws ei hysgwydd chwith. Ond ar ôl i'r berthynas â Stefano ddod i ben fe drawsffurfiwyd yr enw yn ddraig werdd gan gelfyddyd y tatŵydd. Wedyn, am dipyn, roedd ganddi'r enw Ahmed dros ei hysgwydd dde a newidiwyd yn llamhidydd unwaith yr aeth Ahmed yr un ffordd â Stefano. Er ei bod bellach yn briod â Liam ers dwy flynedd roedd Jewe£a wedi penderfynu na châi ddim rhagor o enwau dynion ar ei chorff yn dilyn y ddau gamsyniad cyntaf, tystysgrif briodas neu beidio.

Ei gwaith hi ei hun, bron i gyd, oedd Jewe£a. Julie oedd yr enw a roes ei mam iddi ond roedd y broses o ailwampio'r hunan yn dechrau gyda'r enw. Felly, dyfeisiodd yr enw Jewe£a gydag arwydd y bunt yn lle'r 'l' gyffredin. Roedd hi'n licio'r enw hwn oedd yn ddatganiad i'r byd a gyfunai ei gwerth a'i harddwch.

Wedi iddi ddodi'i hwyneb a'i gwallt yn eu lle âi Jewe£a ma's i wynebu'r dydd. Âi gyntaf i'r parc lle cerddai gydag arddeliad gan swingio'i breichiau i'r gerddoriaeth yn ei chlustffonau. Cerddai am awr i gyd ac roedd hyn – ei chorff, ei harddwch, ei ffitrwydd yn hysbyseb ar gyfer ei busnes, ei stiwdio cadw'n heini a chynyddu cyhyrau yn y dref. Yno'r âi yn syth o'r parc yn llawn egni a brwdfrydedd, yn barod i chwipio'i chwsmeriaid i siâp derbyniol (dynion a menywod canol oed blonegog gan fwyaf, ond ddim pob un ohonynt). Gweithiai yno o naw o'r gloch hyd chwarter i ddeuddeg pan biciai i Coffi Anan, lle'r roedd hi nawr, ar gyfer ei *latte* beunyddiol. Ei gwobr foreol am fod mor hunanddisgybledig.

Daliodd ei hadlewyrchiad yn y drych yng nghefn y caffe. On'd oedd pob peth amdani yn gweiddi ££wyddiant?

Hwn oedd yr wythfed tro yn ddiweddar iddi roi'i holl ewyllys i mewn i'r ymdrech i ymddihatru o'i chaethiwed. Collasai gyfrif sawl tro roedd hi wedi ceisio dod yn rhydd oddi wrth ei llwyrddibyniaeth dros y blynyddoedd. Yn y gorffennol, efallai, doedd hi ddim wedi treio'n ddigon caled, ddim wedi bod o ddifri ynghylch ei phenderfyniad. Ond bu'n hollol ddilys ei dymuniad i drechu'i chwant yn ystod y misoedd diwethaf hyn.

Ryw chwarter awr yn ôl cawsai hi a'i ffrind newydd, Pauline, bot o de rhyngddyn nhw yn Coffi Anan ac edrychodd honno i fyw ei llygaid gleision llachar hithau a dweud wrthi ei bod hi, Barbara, yn fenyw gref bwerus. Roedd ganddi fusnes llewyrchus yn y dre, siop flodau, Barbara's Bouquets, oedd yn mynd wrth ei bwysau. Roedd hi a'i gŵr, Barry, yn briod ers bron i bum mlynedd ar hugain ac roedd yntau'n ŵr busnes digon llwyddiannus (adnewyddu nenlofftiau yn llofftiau oedd ei faes), roedd ganddyn nhw dŷ braf mewn pentre bach tawel y tu allan i'r dre: chwe stafell wely, dau garej. Roedd eu mab newydd gael canlyniadau lefel 'A' calonogol ac yn hwylio i fynd i Gaergrawnt. Mewn geiriau eraill roedd ganddi fywyd dymunol iawn os nad yn ddelfrydol, yn wir, y math o fywyd y byddai merched eraill yn breuddwydio amdano ac yn ei chwennych. Siawns na allai hi guro'r gwendid bach yma. Pwrpas Pauline oedd ei helpu, bod yn gefn iddi, yn gynhalwraig. Pe bai Barbara yn teimlo'i bod hi'n gwanychu, bod temtasiwn yn drech na hi, neu ei bod jyst eisiau cael clonc am ei theimladau yna bydda Pauline ar ben arall y ffôn a gallai Barbara ei ffonio hi unrhyw bryd, unrhyw awr, dydd neu nos. Wedi'r cyfan, on'd oedd hithau, Pauline, wedi bod trwy hyn i gyd ei hunan? Gwyddai ei bod yn frwydr feunyddiol, bod temtasiynau yn ein hamgylchu ac yn ymosod arnom o bob tu, bob awr o'r dydd. Serch hynny, roedd modd dod trwyddi. Roedd Pauline yn dyst i hynny. Doedd hi ddim wedi cracio ers gwell na blwyddyn.

Edrychodd Barbara arni gydag edmygedd. Oedd, roedd hi am fod fel hyn, gyda chroen glân ac yn gymharol denau, heb fod yn eithafol, ac, yn fwy na dim, yn hunanfeddiannol.

Edrychai pobl eraill ar Barbara a gwelent fenyw hyderus iawn, fel y nododd Pauline, ond mewn gwirionedd doedd hi ddim ym meddiant ei hunan o gwbl. Peth arall y tu allan ohoni oedd yn ei meddiannu, fel petai, ac roedd ganddo afael tyn arni. Roedd e wedi rheoli'i bywyd i bob pwrpas ers ei harddegau ac roedd ei effaith arni yn andwyol. Roedd Barbara wedi dechrau poeni yn arw yn ddiweddar am ganlyniadau oes o fod yn gaeth i beth oedd yn niweidiol iawn i'w hiechyd. Roedd mwy nag un doctor wedi dweud hynny ac wedi'i rhybuddio bod rhaid iddi newid. Ac eto, on'd oedd hi wedi treio a threio rhoi'r gorau iddi ac wedi methu yn alaethus?

Roedd hi wedi diolch i Pauline ac wedi talu am y te – er gwaetha protestiadau Pauline – ac wedi ffarwelio â hi wrth ddod ma's o'r siop goffi. Aeth Pauline i'r gogledd, i gyfeiriad y cloc, ac aeth Barbara i'r de. Aethai hi ddim yn bell cyn i grafangau'r anghenfil gydio ynddi gyda'i holl nerth. Problem fwya Barbara oedd mor rhwydd oedd hi i fodloni'i chwant. Wedi'r cyfan doedd hi ddim yn gaeth i gyffuriau caled a chostus, nac i alcohol nac i faco, nac i gyfathrach rywiol na gamblo, eithr roedd hi'n gaeth ac yn ddibynnol yn llwyr ar beth mor rhad ac mor gyffredin â chaniau o bop, cola yn benodol. Nawr, lle roedd y siop agosa?

Ei dwylo oedd y peth cyntaf amdani a ddenodd ei sylw. Cofiai'r manylyn hwn o hyd. Roedd e wedi mynd gyda chriw o ffrindiau i ddathlu pen-blwydd un ohonynt. Roedden nhw i gyd wedi cwrdd mewn tafarn, ei ffrindiau, bechgyn a merched, rhai roedd ef yn eu nabod a rhai wedi dod â'u ffrindiau nhw, dieithriaid, pobl newydd iddo ef. Yn eu plith oedd y ferch hon. Gweithiai mewn banc, meddai rhywun. Yna dywedodd hithau rywbeth ac wrth siarad gwnaeth ryw symudiad bach gyda'i llaw. Dim byd mawr ond fe ddaliodd ei sylw yn syth gyda'r symudiad hwnnw. Ni allai dynnu'i lygaid oddi wrth ei dwylo weddill y noson. Ni welsai ddwylo mor bert erioed. A doedd ganddo fawr o ddiddordeb mewn dwylo merched, fel rheol. Ond roedd y dwylo bach hyn yn wahanol iawn, yn eithriadol o hardd. Gosgeiddig oedden nhw, dyna'r gair. Dwylo bychain – yn wir merch fechan oedd hi, ychydig dros bum troedfedd ar y mwya – doedd y bysedd ddim yn hir, ond lluniaidd oedden nhw. A heb yn wybod iddi hi'i hunan siaradai â'i dwylo bob tro y dywedai rywbeth. Defnyddiai law i bwysleisio, i ategu pwynt, i fynegi cytundeb neu ansicrwydd. Defnyddiai'i bysedd er mwyn darlunio pethau roedd hi'n sôn amdanyn nhw yn yr awyr. O ganlyniad i hyn roedd dwylo'r ferch hon yn symud o hyd ac roedd e'n eu gweld nhw'n debyg i flodau a'u petalau yn agor ac yn cau yn aml, ond mwy na hynny yn debyg i adar bach oedden nhw neu ieir bach yr haf yn gwibio o flodyn i flodyn. Oddi wrth ei dwylo, bob yn gam, aeth ei sylw at ei hwyneb ac yna at ei gwallt. A dyna ni, roedd e mewn cariad â hi. Ac un o'r pethau cyntaf a ddywedodd wrthi'r noson honno oedd bod ganddi'r dwylo pertaf a welsai erioed. Byddai'r cyfryw ymadrodd wedi swnio'n gyfoglyd o debyg i sgêm i'w bachu hi oni bai ei fod yn hollol ddiffuant, ac nad oedd modd iddo guddio hynny.

Daeth Tom ma's o'r optegydd lle bu'n helpu ffitio rhai gyda sbectol newydd drwy'r bore ac yn cynorthwyo eraill i ddewis fframiau o blith y cannoedd oedd ar gael yno. Gadawodd ychydig yn gynnar er mwyn cwrdd â Melissa am hanner dydd yn Coffi Anan. A gweud y gwir roedd e wedi hen flino ar chwitchwatrwydd cwsmeriaid a'u hanallu i benderfynu rhwng y fframiau brown ac aur hyn a'r fframiau aur a brown arall. Pam na allen ddeall nad oedd fawr o wahaniaeth rhwng y naill na'r llall? Pam na allen nhw wneud penderfyniad rhwydd a chlir fel a wnaethai ef a Melissa? Roedden nhw'n licio'i gilydd. Dyna ni. Ond roedd gofyn i Tom fod yn gwrtais wrth bob cwsmer a chofio fod pob un yn gwneud ei ddewis unigryw a phersonol oedd yn bwysig iawn iddo ef neu hi. Roedd y penderfyniad bron â bod yn dyngedfennol, wedi'r cyfan, gan fod rhaid i'r person fyw gyda'r fframiau am flynyddoedd, efallai. Tasg Tom oedd eu cyfarwyddo i wneud y dewis gorau posibl drwy fod yn onest ac yn wrthrychol. Rhaid iddo fod yn bositif ac yn galonogol, eu hannog ond heb eu llywio gormod. Eu dewis nhw oedd e yn y pen draw. Weithiau, dewisai rhai y fframiau mwya anaddas iddyn nhw, ond os dyna'u dymuniad nid ei le ef oedd eu perswadio fel arall, oni bai eu bod yn ansicr, ac yna gallai ef eu tywys yn gyfrwys i ystyried ffrâm wahanol. Canllaw yn unig oedd ef a nace cynghorwr.

Ta beth, cawsai Tom ddigon o'r holl rigmarôl optegyddol yna am y tro. Ei unig ddymuniad nawr oedd gweld Melissa yn dod ma's o'r banc a gafael yn ei dwylo petalog. A fyddai hithau'n gynnar, tybed?

Gwnaethai Patricia yn o lew i gadw'r plant yn ddiddig yn y caffe cyhyd. Ond doedd dim gobaith eu cadw yno funud arall. Roedd y baban yn dechrau anesmwytho, roedd Justin yn barod i grio am ddim rheswm yn y byd ac ni allai Harri sefyll yn llonydd a bu'n crefu am gael mynd ers tro. Felly, dyma hi'n sicrhau bod y baban yn sownd yn y bygi, ac yn hel ei holl bacedi a bagiau ynghyd, ac yna'n dal llaw Justin yn dynn ac yn siarsio Harri i gadw'n agos ati. A bant â nhw ma's i'r stryd unwaith yn rhagor. Tipyn o gamp. Ond wedi dweud hynny roedd Patricia yn hen law ar y grefft o lywio plant bach, pramiau a llwyth o fagiau siopa drwy strydoedd prysur. On'd oedd hi wedi gwneud hyn ar hyd ei hoes?

Er mwyn croesi'r ffordd i gyfeiriad swyddfa'r post roedd rhaid iddi fynd lawr y stryd beth o'r ffordd at y groesfan ac wedyn lan y stryd ar yr ochr draw. Heb y plant byddai hi wedi mentro croesi drwy'r traffig mewn chwinciad ond mam a mam-gu ofalus oedd Patricia bob amser ac roedd hi'n benderfynol o drosglwyddo arferion da drwy esiampl i'r plant.

Yna, yn rhyfedd iawn, aeth y plant yn dawel, glynodd Harri wrth ei hochr fel gelen ac felly medrodd Patricia hwylio lawr y stryd yn rhwydd iawn. Ac yn ystod yr ychydig eiliadau y cymerodd iddyn nhw gyrraedd y groesfan daeth rhyw deimlad rhyfedd dros Patricia. Teimlai'i bod hi a'r plant yn symud yn anghyffredin o araf fel mewn ffilm wedi'i harafu – er ei bod yn gwybod yn iawn eu bod yn mynd yn ddigon clou mewn gwirionedd. Yna, ymddangosai pawb a phob peth o'i chwmpas yn rhyfeddol o glir, roedd yr awyr fel petai'n gliriach a seiniau pethau yn groywach: sŵn y ceir, lleisiau pobl, miwsig yn dod o'r siopau wrth basio. Teimlai fod rhyw gen wedi disgyn oddi ar ei llygaid a'i bod yn gweld y cyfan o'r newydd a bod ganddi gysylltiad â phob unigolyn ar y stryd ac yn y siopau o'i chwmpas. Roedd rhywbeth wedi dod yn sydyn a'u huno nhw, meddyliai, a llenwid ei chalon â chariad mawr. Nid oedd teimladau fel hyn yn gyfarwydd iddi. Wrth gwrs, roedd hi'n caru'i theulu'i hun, ond yn fwy nag arfer hyd yn oed, nawr, estynnodd ei chariad tuag at ei phlant a'i theulu yn gyffredinol o'i bron fel breichiau anweledig gan eu cofleidio i gyd. Ymestynnodd y breichiau hyn ymhellach gan lapio o gwmpas pawb yn y stryd. Teimlai braidd yn benysgafn ac ofnai lewygu.

Ond yna, gofynnodd Harri a gâi bwyso botwm y groesfan er mwyn gweld y dyn bach coch yn troi'n ddyn bach gwyrdd a daeth hynny â hi ati'i hun eto. Roedd hynny yn dipyn o ddadrithiad. Wrth gwrs y câi bwyso'r botwm. Safent yno nes i'r golau newid a chroesi gyda'i gilydd a rhai eraill yn dod yr un pryd â nhw a rhai yn dod tuag atyn nhw o'r ochr arall.

Wrth gyrraedd swyddfa'r post roedd y wraig dlawd yn dal i chwarae'r chwibanogl a mynnai Harri ddodi rhywbeth yn ei sach fechan. Fel rheol byddai Patricia wedi jibo rhag rhoi dim iddi, prin y gallen nhw sbario ceiniog, ond dan ddylanwad ac effaith y profiad a gawsai eiliadau yn ôl rhoes ddarn hanner cant yn llaw'r crwtyn a darn ugain yn llaw Justin fel y gallai'r ddau roi rhywbeth iddi. Wedi'r cyfan, meddyliai Patricia, on'd oedd hi'n beth da bod plant yn dysgu rhannu gyda rhai llai ffodus?

Piciai i'r dre am damaid. Gwnâi hyn bob dydd er ei bod yn gas ganddo adael ei waith a cherdded i'r ganolfan siopa. Doedd gyda fe gynnig am y traffig a'r mwstwr a'r siopwyr yn un fintai o'ch amgylch. Roedd yn well ganddo gwmni coed a phlanhigion a glesni. Roedd y coed wedi dechrau newid yn gynnar eleni. Y gastanwydden, fel arfer, oedd y gyntaf i gyfnewid ei liw, er nad oedd ambell fasarnen yn bell ar ei hôl. Y derw oedd yr olaf i dderbyn effeithiau'r hydref. Ond cyn hir, fe fyddai'n chwilio am arwyddion cyntaf y gwanwyn. Dyna'r peth gyda'r parc, roedd rhywbeth i edrych ymlaen ato o hyd.

Ie, roedd Dafydd wrth ei fodd fel un o arddwyr parc y dre. Bu'n ffodus iawn i gael gwaith oedd yn gweddu cystal iddo. Doedd y cyflog ddim yn arbennig ond faint o bobl oedd yn cwnnu bob bore gan edrych ymlaen at gyrraedd eu gwaith? Doedd e ddim eisiau bod dan do, hyd yn oed pan fyddai'n bwrw glaw neu'n chwythu'n oer. Ma's yn yr awyr iach roedd e yn ei elfen.

Roedd e wedi dal y byg garddio yn ifanc iawn oddi wrth ei dad. Gardd fechan hirgul, yr un lled â'r tŷ ac yn stribyn yn y cefn oedd ganddo ond roedd e wedi rhannu'r pisyn bach hwnnw yn bamau bychain. Neilltuodd batsyn glas o lawnt wrth y drws cefn gydag ymylon o flodau a choeden afalau fechan yn y canol. Yna, yn nes lan, tyfai amrywiaeth o lysiau; wynwns maint eich dwrn, cennin mor dal â chi, bitrwt a letys. Mewn pâm arall tyfai ffa, pys, cabej a chydna-bêns. Ac fe dyfai'r pethau hyn fel petai'i dad yn eu galw nhw o'r pridd gyda geiriau swyn. Ni fethai dim a ddodai'i dad yn yr ardd. A threuliai oriau yno. Cwynai'i fam taw'r ardd oedd ei briod go iawn a dim ond 'ffansi wman' oedd hyhi. Ond ni allai neb wadu fod gan ei dad ryw ddawn anghyffredin am arddio. Enillai'i flodau a'i lysiau wobrau a chwpanau arian yn y sioe bob blwyddyn. Prin y gallai neb ei guro.

Roedd hi'n ddigon naturiol, felly, fod Dafydd a arferai ddilyn ei dad fel cwt o gwmpas yr ardd yn dymuno'i efelychu. Doedd ganddo ddim diddordeb yn ei wersi yn yr ysgol, doedd gan fathemateg ddim gafael ynddo ac ni ddeallai holwyddoreg pethau fel hanes na Saesneg na Chymraeg na daearyddiaeth. Ei unig wir ddiddordeb oedd yr ardd. Yn anorfod gadawodd yr ysgol ar y cyfle cyntaf ac wrth lwc fe gafodd jobyn fel garddwr yn y parc yn syth. A dyna lle'r oedd e o hyd. Ei unig bryder oedd y byddai'n colli'r swydd. Ni allai feddwl am waith arall a fyddai yn ei siwtio. Deuai eraill i weithio gydag ef yng ngerddi'r parc ond ni safai neb yn hir iawn. Bu Dafydd yno ers bron i ddeng mlynedd ar hugain. Roedd e'n rhan o'r parc, a'r parc yn rhan ohono ef.

Âi Dafydd i brynu pecyn o frechdanau caws a wynwns a photel o bop o un o siopau mawr y Stryd Fawr. Ac wedyn âi yn ei ôl i'r parc i'w b'yta nhw. Pa le gwell, meddyliai Dafydd, na'r parc i gael eich cinio?

Gyda chyflenwad newydd o fisgedi a choffi o'u blaenau ailafaelodd Rhian yn y stori.

Wedi iddi gael gwaith fel nyrs, felly, gallai Moira fforddio'i fflat ei hun. Am y tro cyntaf yn ei bywyd gallai ymhyfrydu mewn sefydlogrwydd. Wedi dweud hynny, peth anghyfarwydd iawn iddi oedd cael aros mewn un man am fisoedd, blynyddoedd pe dymunai, heb ofni cael ei gorfodi i symud eto. Yn wir, ni allai ymysgwyd yn rhydd o'r pryder y byddai'n cael ei chymell i fod yn barod i newid cartref unrhyw bryd. Aethai'r teimlad o ansicrwydd yn ddwfn i'w hisymwybod. Ar ben hynny, bob tro y gwariai geiniog fe deimlai euogrwydd ofnadwy. Cawsai'i chyflyru i feddwl fod pob peth ac eithrio'r pethau mwya hanfodol yn foethau diangen ac felly yn ffoliineb ac yn afradlonedd anghyfrifol. Serch hynny, ffurfiodd Moira gyfeillgarwch gyda dyn ifanc a weithiai yn yr un ysbyty â hi, yn y fferyllfa, Daniel, ac wrth i'w pherthynas ag ef flodeuo, bob yn dipyn, dysgodd Moira nad oedd dim o'i le mewn prynu bwyd maethlon, nace trosedd oedd prynu pethau lliwgar a dymunol i addurno'r fflat, nad oedd dillad newydd ambell waith yn gwbl annerbyniol, ac nad oedd rhaid iddi ddioddef gan euogrwydd dirdynnol am ddymuno mynd i ffwrdd am wyliau a chael ymlacio a gwneud dim. Mewn geiriau eraill, am y tro cyntaf roedd hi'n cael blas ar fywyd digon normal.

Er bod ei sefyllfa bersonol wedi gweddnewid ac wedi gwella yn rhyfeddol, aeth Rhian yn ei blaen, drwy'r amser roedd hi'n poeni am ei rhieni, yn enwedig ei mam a aethai i edrych fel sgerbwd byw a achubwyd o Belsen. Felly, bob mis anfonai gyfran fechan o'i chyflog atyn nhw. Gwyddai bod ei chwiorydd yn eu helpu hefyd. Doedd hi ddim yn deall pam, felly, pam nad oedd hyn yn gwneud gwahaniaeth o gwbl a pham eu bod yn byw o'r llaw i'r genau o hyd.

'Oedd y tad yn gamblo?' gofynnodd Carys. 'Betia i bod gyda fe fenyw arall oedd yn gwario'r arian i gyd. Teulu arall, efallai. Dwi wedi clywed am bethau fel'na. Un dyn yn cynnal dau neu dri teulu yn gyfrinachol.'

'Wel, fel mae'n digwydd, aeth pob un o'r damcaniaethau yna ac eraill drwy feddwl Moira. Ond roedd hi'n nabod ei thad yn rhy dda. Doedd e byth yn mynd i unman ond i'w waith bob dydd. Fyddai fe byth yn mynd ma's gyda'r nos, byth yn mynd i ffwrdd dros y penwythnosau. Treuliai bob munud sbâr yng nghwmni'i wraig. Doedd amlwreiciaeth ddim yn bosibilrwydd, felly. Na gamblo chwaith, gan fod cael ceiniog oddi wrth ei thad yn gofyn am lawdriniaeth dan anesthetig.'

Gorffennodd Rhian ei choffi.

'Yna, yn sydyn bu farw'r dyn. Galwyd y teulu ynghyd gan y cyfreithiwr. Er mawr syndod i'w mam a Moira a'i chwiorydd roedd yna ewyllys. Ar hyd ei oes a thrwy gydol holl symudiadau'r teulu gweithiai'r tad i gwmni oedd yn gwneud celfi arbennig. Roedd y teulu yn gwybod hynny, gyda llaw. Ond doedden nhw ddim yn gwybod taw efe oedd prif grefftwr y cwmni, ar frig ei faes. Cawsai gyflog nid ansylweddol ar hyd ei yrfa. Roedd e wedi buddsoddi'r cyfan mewn cyfrifon gwahanol a chyfranddaliadau niferus. Roedd e'n filiwnydd sawl gwaith drosodd ac yn yr ewyllys gadawodd filiynau i'w wraig ac i bob un o'i blant. Serch hynny, doedden nhw ddim yn deall y peth. Pam na chawson nhw sefyll mewn un cartre dymunol? Pam na chawson nhw fwyd maethlon a dillad newydd a mynd am wyliau gyda'i gilydd?'

'Anhygoel!'

'Roedd yna nodyn ynghyd â'r ewyllys yn dweud ei fod e wedi meddwl am fuddiannau'i deulu ar hyd ei oes ac er eu mwyn nhw, ac er eu lles, roedd e wedi treio bod yn ddarbodus a'i fod yn siŵr eu bod nhw'n ddiolchgar am hynny nawr.'

'Roedd Moira felly yn gefnog iawn?'

'Ar un adeg, am dipyn oedd, roedd hi'n gyfoethog. Ond yn y diwedd penderfynodd roi'r rhan fwyaf o'r arian i nifer o elusennau oedd yn gweithio yn erbyn tlodi. Wedi'r cyfan, meddai Moira, on'd oedd hi wedi profi tlodi chwerw drwy gydol ei hieuenctid?'

Gadawodd Alwen gan frasgamu i'r Stryd Fawr yn llawn ysbrydoliaeth ar gyfer ei chenadwri newydd. Un o'r pethau cyntaf y byddai'n rhaid iddi'i ystyried fyddai'r teitl ar gyfer ei llyfr. Wedi'r cyfan, fe fyddai'r gwaith yn cyfuno'i chyngor ynghylch ffordd i fyw yn well gyda'i hanes hi'i hun. Fe fyddai'r llyfr, felly, yn fath ar hunangofiant yn ogystal â chymorth i eraill, yn *Guide for the Perplexed* ac yn *Hen Dŷ Ffarm*. Ni fyddai unrhyw werth rhoi gair i gall oni bai'i bod yn dangos fel roedd hithau wedi dysgu o brofiad.

Ac fel'na y cerddodd Alwen drwy'r stryd gan ddal ei phen lan gyda gobaith a hyder newydd. Roedd hi'n dalach na'r rhan fwyaf o fenywod ac, yn wir, yn dalach na llawer o'r dynion o'i chwmpas ond gyda'r adfywiocâd hwn roedd hi'n dalach nag arfer, yn dalach na hi'i hun, fel petai. Teimlai'i bod hi'n cerdded ar yr awyr. On'd oedd hi ar drothwy cyfnod hollol newydd a gwahanol yn ei bywyd? Pwy 'sen meddwl, meddyliai Alwen, y byddai modd cael adnewyddiad arall a hithau eisoes wedi'i diwygio'i hun cynifer o weithiau? Nawr, yn ei thrigeiniau darganfu fod dyfodol arall, annisgwyl, yn ymagor ac yn ymestyn o'i blaen, yn debyg i'r stryd hon. Nid rhyfedd bod rhai oedd yn cerdded i'w chyfeiriad yn ei gweld hi'n gwenu o glust i glust. Gwnâi hynny heb yn wybod i'w hunan, wrth gwrs, ac ni phoenai am y ffaith fod egni ei chamau a brwdfrydedd ei symudiadau yn peri i'w chorff gerdded mewn ffordd oedd yn llawer mwy gwrywaidd nag oedd yn cydweddu â'i dillad a'i gwallt a'i cholur.

Ai ar gyfer y funud hon y'i ganed hi? meddyliai. Roedd hi wedi meddwl hynny o'r blaen, pan ddeffroes hi yn dilyn y driniaeth lawfeddygol oedd yn ailenedigaeth iddi. Wel, roedd hon eto yn ailenedigaeth. Sawl dadeni oedd yn bosibl mewn bywyd? Cawsai hithau, efallai, fwy na'i chyfran o farwolaethau ac atgyfodiadau. Ond doedd dim yn ei synnu nawr. Ac fel yna, efallai, y dechreuai'i llyfr – yn ei meddwl fe aeth ati i gyfansoddi'r brawddegau agoriadol: 'Yn ei gas ni all chwiler ddychmygu bywyd y lindysen, ac wrth iddi gropian yn betrus ar ymyl y ddeilen ni all y lindysen freuddwydio am ryddid lliwgar iâr fach yr haf.'

Ni phoenai Alwen am fod yn rhy flodeuog nac ychydig yn hen ffasiwn ar gychwyn ei chyfrol arfaethedig. Fel arall allai hi fynegi'i hun? Wedi'r cyfan, beth oedd hi ond iâr fach yr haf yn ymestyn ei hadenydd amryliw ac yn ymhyfrydu yn ei rhyddid a holl bosibiliadau'r dyfodol?

Ar ôl i'r plant bach ollwng eu darnau arian diolchodd Deirdre iddynt ac yna sgubodd ei phwrs lan o'r llawr, heb feddwl cyfri'r swm eto. Cipiodd ef a'i ddal yn dynn at ei mynwes fel un o'i babanod marwanedig. Yna, gyda pheth gwaith a phoen, wedi bod ar ei heistedd a'i choesau wedi croesi cyhyd, fe gododd yn ara deg i'w thraed. Nid oedd hyn yn dasg rwydd iawn o gwbl a bu'n rhaid iddi bwyso yn erbyn wal swyddfa'r post er mwyn ei chynnal ei hun am dipyn nes i'r sêr o flaen ei llygaid glirio.

Ofnai weithiau, pan ddigwyddai hyn (ac roedd yn digwydd yn amlach yn ddiweddar) na fyddai'r smotiau a'r lliwiau yn clirio o gwbl ac y byddai'n cwympo i'r llawr ac yn marw yn y fan a'r lle. A hithau yng ngafael panig fel hyn fe gofiai'i phader a wyneb lleian arbennig o garedig ac fe ddeuai ryw deimlad tangnefeddus drosti ac felly, pe bai hi yn trengi yno fel hen gath, yna fe fyddai'n barod. Ond, nid felly bu – nid y funud honno – ac fe gliriodd ei phen bob yn dipyn a daeth ati'i hun eto.

Dododd ei chwibanogl, Aisling, i gadw yn ei phoced hir yn ei chot fawr a lapiodd y flanced a ddefnyddiai i eistedd arni am ei chwdyn arian gan ddwblu diogelwch y pecyn hwnnw. Doedd neb yn yr hostel yn mynd i gael ei fachau ar ei henillion. Doedd Doreen, yn sicr, ddim yn mynd i gael ei bachau bach brwnt arnyn nhw, na Marie Jane chwaith. Ffordd o sicrhau na fyddai neb yn eu dwgyd nhw oedd eu gwario nhw, gwario peth ohonyn nhw ta beth. A dyna'i hamcan nesaf. Roedd hi'n crefu am ddisgled o de a phryd o fwyd twym, yn wir, erbyn hyn roedd ei chorn gwddwg yn sych grimp ar ôl chwibanu cyhyd ac roedd hi bron â marw o eisiau bwyd.

Y lle agosa oedd y siop goffi gyferbyn ond gwyddai Deirdre yn iawn na châi hi fynd mewn i'r siop honno yn ei charpiau brwnt a drewllyd. Cawsai'i throi ma's sawl gwaith. Wel, twll din iddyn nhw, snobyddion. Cawsai'i throi ma's o lefydd lot gwell na hwn'na. Âi i gaffi rhatach neu i dafarn. Fe gâi damaid i lenwi'i bol a'i thwymo ac i dorri'i syched. Te oedd y peth pwysica nawr. Pan oedd hi'n blentyn ni ddeallai fel oedd ei mam, druan, wastad yn crefu am de. Nawr, yn ei haeddfedrwydd roedd hi'n gyfarwydd â rhinweddau dirgel adnewyddol te. Sut oedd diod a oedd bron â bod heb unrhyw flas arbennig yn perthyn iddo yn cael effaith drawsffurfiol ar rywun fel ei bod yn wyrthiol bron, nid oedd hi'n gwybod. Ac nid oedd hi'n poeni am yr esboniad na'r rheswm chwaith, roedd hi'n gwybod ei bod hi wastad yn teimlo'n well o lawer ar ôl disgled o de, 'na gyd. Ac wrth feddwl amdano fe ddechreuodd symud wrth ei phwysau. Ni allai symud yn gynt wath roedd ei thraed yn brifo ac roedd ei phenliniau yn gwingo, ond roedd hi ar ei ffordd.

Ie, ar ei ffordd oedd hi o hyd. Ar y ffordd. Er ei bod wedi troi yn y dre fach ddinod hon ers blynyddoedd bellach ni lwyddodd i setlo yn un man erioed. Bywyd ansefydlog oedd ei hun hi, heb iddi brofi'r teimlad o fod yn gartrefol – nid oedd aelwyd na chartre yn golygu dim iddi. A doedd dim yn ei chlymu wrth y dref hon, wedi'r cyfan. Efallai, meddyliai, ei bod hi'n bryd symud ymlaen rhywle arall eto?

Cyrhaeddasai'r Athro droed y rhiw ar waelod y Stryd Fawr. Gwnaethai mewn amser da heddiw, yn gynt nag arfer. Doedd Crefft Bywyd Beunyddiol ddim yn gwbl gaeth i unrhyw amserlen na rheolau. Yn wir, roedd hyblygrwydd yn rhan o'r grefft. A heddiw ni allai sefyll mewn unman yn llonydd yn hir. Roedd rhyw egni ynddo yn ei sbarduno, fel petai, i gadw i fynd, er gwaetha blinder gŵr ar fin dathlu'i ganrif. Wrth gwrs, ar hyd y ffordd o'r fainc dan y cloc ar ben y Stryd Fawr hyd at y llecyn hwn fe fu'r Athro yn hel atgofion. Un bwndel o atgofion oedd e ac roedd ei holl ddyfodol bellach yn ei orffennol. Yn wir, wrth gerdded y bore 'ma, roedd y ddelwedd hon wedi'i daro o'r newydd. Un gyfres o ddyfodolau – os dyna luosog dyfodol – yw bywyd, yn enwedig bywyd estynedig fel ei un ef. Yn awr, yn ei henaint, gallai weld fel yr oedd dyn bob amser yn ceisio gweld ymlaen; mae'n byw yn y dyfodol, yn ei ddychymyg o leia. Peth gwan a chysgodol yw'r presennol, tebyg i bapur wal dinod o'i amgylch nad yw'n cymryd fawr o sylw ohono, ond yn ei feddwl mae'r dyfodol yn well, yn gliriach, yn fwy deniadol. Mae'r plentyn bach yn moyn mynd i'r ysgol gyda'i frodyr a'i chwiorydd, mae'r crwtyn ysgol yn moyn gwisgo trwser hir, mae'r llanc yn penderfynu mynd i'r coleg neu'r brifysgol, mae'r myfyriwr yn meddwl am ei fywyd ar ôl iddo ennill ei radd. Ac yn y blaen. Ac o gam i gam mae'r dyfodol yn dod i'w ran, ond anaml y bydd y dyfodol go iawn yn cydymffurfio â'r un y breuddwydiwyd amdano. Nid yw dychmygu fel y bydd pethau yn y dyfodol yn gyfystyr â phroffwydoliaeth. Roedd yr ysgol yn lle arswydus gydag athrawon llym, rhy hoff o'r gansen a bwlis ymhlith y plant eraill, roedd llodrau hir yn cosi, roedd y brifysgol yn waith caled, ac wedi ennill gradd peth arall oedd ennill bywoliaeth. O'i safle yma nawr wrth droed y rhiw fe allai weld bod o leia ddau fersiwn o bob dyfodol yn ei orffennol. Amser maith yn ôl ac yntau'n ddyn ifanc fe welsai wraig yn ei ddyfodol. Fe gawsai wraig, ond nid yr un a welsai yn llygad ei feddwl. Roedd gwraig y dyfodol go iawn yn fwy ymarferol a goddefgar ac yn fwy deallus na'r un yn ei ddychymyg, ond doedd hi ddim mor bert a chyda'r blynyddoedd fe'i gweddnewidiwyd i fod yn greadures nad oedd ef erioed wedi breuddwydio amdani. Gwelsai ef – a'i wraig – blant yn y dyfodol ac fe gawsant blant. A doedd rheina ddim byd tebyg i'r rhai a welsant wrth grefu amdanynt, nid yr un plant mohonynt o gwbl. Ac roedd y pethau yna yn y gorffennol hefyd nawr. Buan yr anghofiodd ef a'i wraig am blant bach diddig doniol holliach y dyfodol delfrydol am iddynt gael eu disodli a'u cyfnewid, fel plant y tylwyth teg, gan rai piwis oriog cwynfanllyd pwdlyd anfodlon, hynny yw, plant dynol o gig a gwaed, eu plant hwy. Roedd plant ei ddyfodol ffuglennol yn byw gydag ef ac yn edrych ar ei ôl ef yn ei henaint, eu plant bach hwythau yn dod i eistedd ar ei arffed a gofyn iddo ddweud storïau am yr hen ddyddiau. Roedd ei blant go iawn nawr yn byw i ffwrdd ac anaml y câi siarad â nhw a'u plant (hwythau yn oedolion bellach) ar y ffôn neu ar y peth newydd dyfodolaidd 'na, sgeip.

Weithiau, ond ddim yn aml, fe wireddwyd ei freuddwydion, fel pan gafodd ei anrhydeddu gan y brifysgol ar ddiwedd ei yrfa. Breuddwydiasai am gael ei gydnabod ac fe gawsai hynny gydag urddau er anrhydedd. Dyna un dyfodol a ddaethai yn wir. Ond mor bell yn ôl oedd hynny nawr nad oedd neb yn cofio'r seremonïau na'r ciniawau na'r areithiau teyrnged. Ac yn wir, nid oedden nhw'n golygu dim iddo erbyn hyn.

Ar droed y rhiw roedd yna feinciau eraill ac aeth yr Athro i eistedd eto cyn symud ymlaen. On'd oedd hi'n fore hyfryd?

Penderfynodd y tynnai ambell lun o waelod y Stryd Fawr ac yna âi am goffi yn Coffi Anan. Ni chawsai frecwast, yn wir, doedd e byth yn b'yta brecwast. Roedd e'n byw ar ei egni'i hun a choffi tywyll cryf a sigarennau. Câi frechdan nawr ac yn y man pan ddeuai pang o chwant bwyd arno. Sgerbwd o ddyn oedd e. Doedd dim diddordeb mewn bwyd gydag ef. Porthiant. Rhywbeth i gadw'r peirianwaith i fynd. Tanwydd i'r injan. Dyna i gyd oedd bwyd iddo ef. Ei wir fwyd a llyn oedd ei ysfa am ffotograff anfarwol neu anfarwoldeb mewn ffotograff. Dim ond un. Byddai hynny yn ddigon. Nid ei fod yn meddwl yn ymwybodol amdano fel'na, ond dyna oedd y tu cefn i'w holl bwrpas a chyfeiriad ei ddyddiau.

Edrychodd ar y Stryd Fawr. Roedd rhyw naws atgofus hiraethus yn yr awyrgylch. Cafodd deimlad o *déjà vu* eto. Oedd, wrth gwrs, roedd e wedi gweld y stryd hon gannoedd os nad miloedd o weithiau o'r blaen, fel yr oedd hi nawr. Ac eto i gyd, nid yn union fel yr oedd hi nawr. Am ryw reswm teimlai na allai ffocysu'i lygaid arni'n glir. Roedd yna reswm ymarferol am hyn nid rheswm optegol. Dymunai'i chymryd i gyd i mewn i'w ymwybyddiaeth ac i'w lun ar un tro, ond ni allai, roedd hi'n ormod i'w hamgyffred i gyd. Doedd e ddim yn cofio cael y teimlad od hwn erioed o'r blaen, ac unwaith yn rhagor roedd rhywbeth od o gyfarwydd amdano. Rhyw fath o ddieithrwch cynefin. Roedd hyn yn ei anesmwytho ac yn ei gysuro gyda'r un ergyd. Er gwaetha'r mwstwr arferol: ceir, bysiau, sŵn traed, lleisiau, chwerthin, peth cerddoriaeth, roedd naws dawel wedi disgyn dros bob peth a synhwyrai Carl fod pobl a phethau yn dod ynghyd, bod rhywun neu rywbeth yn dodi'r olygfa hon wrth ei gilydd. Yno roedd rhai o'r cymeriadau a adwaenai ef mor dda, rhai yn gydnabod iddo, eraill ond yn wynebau a welai yn aml, y rhan fwyaf, serch hynny, yn ddieithriaid. Dyma'r hen Athro, y ll'neuwr ffenestri, menyw gyda thri o blant, y fenyw solet a welsai rai munudau yn ôl yn canu chwibanogl tu fa's i swyddfa'r post, dwy hen fenyw benwyn, y ferch yn nillad amryliw hipis y saithdegau. Ac roedd e'n nabod hwn, hefyd, wrth ei wyneb ond dyn a ŵyr beth oedd ei enw, a hon a hwn eto a'r ddau yna a'r ddwy yma. A thrwyddynt, rhyngddynt, amdanynt roedd rhyw ddirgelwch yn cydio'r cwbl.

Edrychodd Carl ar y cyfan a'i weld, fel petai, o'r newydd ac am y tro cynta'r diwrnod hwnnw. Ac eto edrychodd ar yr olygfa am y tro olaf. On'd oedd hynny yn wir am weld pob golygfa? On'd oedd pob ffotograff yn llun o beth oedd yn digwydd unwaith yn unig cyn darfod? Dim rhyfedd fod pob un â'i gamera ar ei ffôn symudol yn tynnu lluniau am y gorau. Beth oedd gwerth ffotograffydd o'r hen siort fel efe a phawb nawr yn ffotograffydd? Onid dyna'r unig obaith o ddal bywyd cyn iddo saethu i ffwrdd, fel seren wib, am byth? Efallai y deuai amser cyn hir pan fydden ni'n ffilmio'n bywydau o gri ein geni hyd ein holaf gŵyn gan gofnodi pob eiliad o'n heinioes o'r dechrau i'r diwedd. Ar hynny cododd Carl ei gamera a thynnu llun o'r Stryd Fawr gan geisio cynnwys pob un. Wedi'r cyfan on'd oedd yna bwrpas i artist o ffotograffydd?

'Oriog nace Orig dylset ti fod,' meddai'i fam wrtho, ni allai gyfri sawl gwaith. Ac roedd un peth yn wir am ei hwyliau'r bore hwnnw, oriog fuon nhw ers iddo ddihuno o'r hunllef ofnadwy honno am bedwar y bore. Gorweddai ar ei wely yn y tywyllwch yn ceisio cysgu eto tan saith o'r gloch. Does dim wedi'i dynghedu i fethu fel yr ymgais i gysgu. Gefn trymedd nos yn lle huno mae dyn yn hel gofidiau. Mae pob problem fach yn cael ei chwyddo nes ei bod yn gaseg eira gymaint â'r Wyddfa. Roedd Orig wedi poeni am ei iechyd (roedd ganddo reswm dilys dros y gofid hwn), am broblemau ariannol wedi iddo dderbyn ymddeoliad cynnar (ar gorn ei iechyd), am ddirywiad cyflwr ei gartref (ar gorn ei broblemau ariannol), am fod yn ddigartre yn ei henaint (ar gorn dirywiad ei gartref). Ond yna, wedi iddo gwnnu, ymolchi, cael brecwast, casglu'r tair amlen a ddaethai gyda'r post, a gyrru i'r dre er mwyn casglu'i sbectol newydd, roedd e wedi dechrau teimlo'n well o lawer. Penderfynodd edrych am bwrpas newydd i'w fywyd. Buan y diflanasai'r optimistiaeth honno pan gafodd y pwl o ansicrwydd arswydus yn siop yr optegydd. Ac yna, yn y caffe, daethai'i ddiffygion corfforol i'w drwblu eto fel na allai feddwl am ddim ond am ei iechyd eto. Cawsai waith cerdded drwy'r stryd heb sgrechian mewn panig wrth i ddelweddau o anfodolaeth ei blagio. Un ias fer, 'na gyd oedd bywyd, rhwng dwy nos faith. Roedd meddwl amdano'n oeri'i ymysgaroedd. Ond yna, nawr, fe sylwodd ar yr holl bobl yn troi o'i gwmpas.

Pob un yn mynd i'r un cyfeiriad yn y pen draw, a neb i'w weld yn poeni am hynny, yn y cyfamser.

Yn y cyfamser rydyn ni i gyd yn byw. Dim ond y cyfamser sydd gyda ni. Doedd dim rhaid i'r ias fer rhwng y ddwy nos fod yn oer, i'r gwrthwyneb, fe allai fod yn llawn gwres hydrefol fel y bore yma. Ac yn sydyn newidiodd ei hwyliau eto, am yr ail dro y bore hwnnw, heb yn wybod i neb yn y stryd, fe lapiodd ei farwolaeth (yn ei feddwl ei hunan y tro hwn) mewn pecyn bach twt mewn papur lliwgar, fel anrheg ben-blwydd, ac yna fe ddododd y pecyn o'r neilltu gyda'r bwriad o anghofio amdano. A nawr, fe deimlai yn obeithiol o'r newydd. Ni wyddai pam nac ynglŷn â beth yn union y teimlai yn obeithiol ond am y tro roedd e'n barod i gyd-fynd â'r teimlad. Roedd e'n optimistaidd ynghylch dim byd yn benodol ond ynghylch pob peth yn gyffredinol. Fe wnaethai benderfyniad hollol ymwybodol o fyw ei fywyd yn y cyfamser. Dim ots faint oedd yn weddill iddo, misoedd, blwyddyn neu ddwy, deng mlynedd. Ni wyddai neb faint oedd ar ôl. Felly, roedd e'n drigain oed y diwrnod hwnnw ac yn newydd-anedig. Roedd e'n rhydd eto, yn hollol rydd i fynd ei ffordd ei hun. Roedd hyn yn ddechrau newydd o'i ewyllys ei hun. Wrth ddechrau taith fe allai'r daith bara'n hir neu fe allai fod yn daith fer. Yr hyn oedd yn bwysig oedd ei fod e'n mynd mor bell ag y gallai. Ond nid am bellter daearyddol roedd Orig yn meddwl ond am bellter mewnol. Taith ddarganfod oedd hon i fod. Taith i mewn i'r hunan. Oedd e erioed wedi deall ei hunan? Oedd e erioed wedi meddwl pwy yn union oedd e? Ac yntau bellach yn chwe deg oed roedd Orig yn gweld bod modd gofyn am y tro cyntaf, pwy wyf i? Pwy wyf i?

Atseiniodd cri Mahmwd o waelod y Stryd Fawr. Ond nid yw'n glir nawr faint o bobl a'i clywodd gan iddo ffrwydro'r pecyn bach twt, a lapiwyd mewn baner ddu yn y sach ar ei gefn, yr union eiliad â'i floedd. Cydseiniodd ei waedd gyda'r danchwa mewn cytgord byddarol perffaith.

Y funud honno fe drawsnewidiwyd y Stryd Fawr a'i fforddolion yn gyflafan. Yn lle'r olygfa drefol a hydrefol o bobl ddi-feddwl-drwg a dynnwyd funud yn gynt gan gamera Carl roedd hi'n un gybolfa ferw o arswyd a sioc ac anghrediniaeth. Llenwid yr awyr gan sgrechian a chrio. Llifai'r gwaed ar hyd y palmant a'r heol a lawr y gwter, gyda rhannau o gyrff dynol ar wasgar, braich yma, coes, troed.

Dinistriwyd siop yr optegydd, Dorien Grey, Y Cwpwrdd Cornel, y siop siocledi, Morgans a'i Ferch y gemydd, rhan o'r banc a swyddfa'r post a'r siop pob-peth-am-bunt, a'r cyfan o Coffi Anan.

Roedd dryswch ac anhrefn ac annealltwriaeth yn rhemp cyn i'r gwirionedd ofnadwy wawrio ar rai ymhellach i ffwrdd oddi wrth ganolbwynt y ffrwydrad.

Rhedai rhai gyda mân anafiadau ac ambell un gydag anafiadau difrifol i bob cyfeiriad. Tyrrai pob un i ffwrdd o'r Stryd Fawr, neu'r hyn oedd yn weddill ohoni. Ni allai rhai symud, mor ofnadwy oedd eu niweidiau.

Aeth rhai, dewrach na'i gilydd, yn syth i lygad y ffwrn er mwyn helpu'r trueiniaid. Aeth un neu ddau i geisio cysuro rhai cystuddiol.

Yn fuan clywid seirenau yn yr awyr, ambiwlans, heddlu, brigâd dân. Ond, o dref mor fach, annigonol iawn oedd darpariaeth y gwasanaethau ar gyfer argyfwng o'r raddfa hon.

Pan ffrwydrodd y bom dynol o'r enw Mahmwd, wedi i hwnnw gyflawni'i ddefosiwn, fe newidiodd bywydau cannoedd o bobl. Rheini oedd y goroeswyr, y rhai a gariai anafiadau weddill eu hoes. Ac roedd rheini yn niferus. Yna roedd y gweddwon a'r plant a adawyd yn amddifad a'r rhieni a adawyd heb blant. Diau y byddai Mahmwd a'i gefnogwyr a'r rhai oedd yn cydymdeimlo ag ef, ac yn ei gyfri bellach yn ferthyr, wedi dadlau bod hynny yn gwneud yn iawn am frodyr a gollwyd a gweddwon a phlant amddifad mewn gwledydd eraill, ond nid oedd modd ei holi ac yntau'n gandryll, yn llythrennol, yn yfflon, ar draws y Stryd Fawr. Diau y dywedai ef mai ein bai ni oedd ei hunanaberth ac y câi ef ei drosglwyddo yn syth i Baradwys ar gorn ei offrwm.

Nid oedd yn glir ar y pryd yng nghanol yr holl banig a thryblith beth a fedwyd gan ei gynhaeaf yr hydref hwnnw.

Alah-w Acbar?

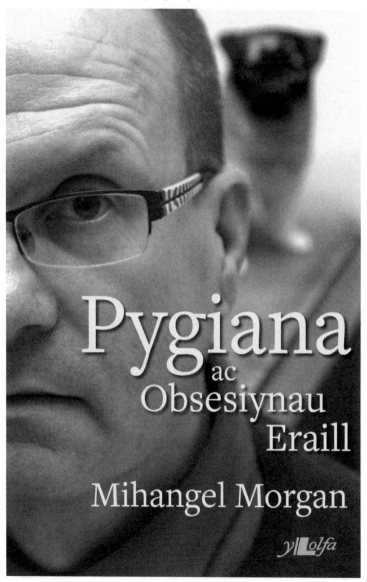

Pygiana
ac Obsesiynau Eraill

Mihangel Morgan

y Lolfa

£7.95

Kate Roberts a'r Ystlum

a dirgelion eraill

Mihangel Morgan

y Lolfa

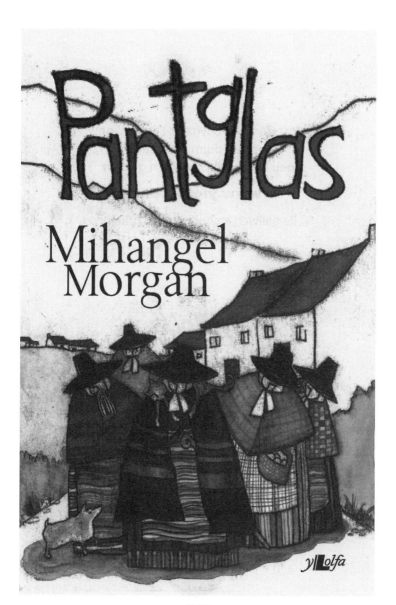

Pantglas

Mihangel Morgan

y Lolfa

£8.95

Am restr gyflawn o lyfrau'r Lolfa, mynnwch
gopi am ddim o'n catalog
neu hwyliwch i mewn i'n gwefan

www.ylolfa.com

lle gallwch archebu llyfrau ar-lein.

TALYBONT CEREDIGION CYMRU SY24 5HE
ebost ylolfa@ylolfa.com
gwefan www.ylolfa.com
ffôn 01970 832 304
ffacs 832 782